Das Buch

Die letzten Gefechte des Kalten Krieges.
Fremde U-Boote verletzten die Souveränität der schwedischen Gewässer.
Über den Grenzübergang Friedrichstraße in Berlin verlässt ein junger Mann unbehelligt die DDR und reist wenig später in Schweden ein.
Die Leiche eines Tauchers wird am Strand einer Insel vor Stockholm angeschwemmt.
Was hat Sven Lindström, der im Stockholmer Polizeipräsidium in die freigewordene Position des Drogendezernenten gelobt wird, mit all dem zu tun?
Um dem Mittelmaß seines Dienstes zu entkommen, missachtet er den Rat seines Assistenten und Freundes Malte Stormquist »Jage nicht in fremden Revieren« und muss dafür einen hohen Preis zahlen.

Der Autor

Dieter E. Wilhelmy, geb. 1948, arbeitete während und nach seinem Biologie- und Pädagogikstudium als Journalist und Fernsehautor.
Fast zwanzig Jahre unterrichtete er an Berliner Schulen, gründete dann in Flensburg eine Marketing- und Werbeagentur, die er noch heute führt.
Über zwei Jahrzehnte hat er einen Sommersitz in Schweden, wo auch sein erster Roman entstand,
»Eiskalt aus der Tiefe«.

Dieter E. Wilhelmy

Eiskalt

aus der Tiefe

Deutsch-schwedischer
Kriminalroman

Die Personen

Sven Lindström	Kriminalkommissar
Malte Stormquist	Kriminalkommissar
Karin	seine Frau
Linea und Åsa	seine Kinder
Ed Eklund	Kriminalsassistent
Karl Nestor alias ... Taucher	Deutsch-Argentinier
Ulf Bengtson	Pensionär
Lars Engholm	
Gunnar Björkman	Streifenpolizisten
Helmut Reichmann	
Gerd Haupt	Verfassungsschutzbeamte
Per Johannsson	Trawler Kapitän
Bengt Berglund	Schiffsingenieur
Stig Lund	Kapitän ‚Finlandia‘
Kerstin Dal	Pilotin

Ort: Stockholm
Zeit: Früher Winter

Sven Lindström fluchte, als seine neue Magnetkarte auf Nimmerwiedersehen im Schlitz des Türöffners verschwand. Er hackte zum dritten Mal seine Codezahl in die Tastatur, aber mit zäher Hartnäckigkeit blieb die Lampe auf Rot und die Glastür zu seinem Arbeitsplatz im Stockholmer ‚polishus‘ dicht verschlossen. Der eiskalte, dickflockige, matschnasse Schnee, den ein bockiger Wind aus den Schären in die Altstadt trieb, rutschte portionsweise hinter dem aufgestellten Jackenkragen seinen Nacken hinab. Es war fast neun und noch dunkel, als sich der Hauswachtmeister erbarmte und den frierenden Kommissar endlich hereinließ.

»Ich lasse nachher einen Techniker kommen und deine Karte herausholen. Sicher kannst du die dann wegschmeißen. Das hatten wir schon öfter.«

Sven Lindström dankte trotz seiner schlechten Laune dem Pförtner und nahm vorsichtshalber die Treppe, denn Türmechanismus und Aufzug waren ein Produkt der gleichen Firma.

Malte Stormquist kam ihm schon auf dem Flur entgegen.

»Das faule Ei ist ausgebrütet. Nils muss gehen«, stürzte er hervor.

Als sie am Büro ihres Chefs Nils Johannson vorbeigingen, senkte Sven Lindström den Kopf.

»Nils!« Bitterkeit verbreitete sich über Sven Lindströms Gesicht, »die Gedanken sind frei, aber wehe, du sprichst sie aus.«

»Was hast du erwartet«, konterte Malte, »er hat die Fahrkarte nach Lappland erhalten. Was mischt er sich auch ein, stochert in den Machenschaften der Waffenlobby, stellt alles in Frage, ein gefährliches Hobby.«

»Ein glatter Aal passt durch jedes Loch, aber nicht jeder muss den Politikern in den Hintern kriechen, dorthin, wo es nach Intrigen und Geld stinkt.«

»Er war ein guter Mann«, sinnierte Malte versöhnlich, »aber jetzt sitzt er im Zug nach Jokkmokk, abkommandiert zum Schneeschippen.«

Sven Lindström konnte darüber nicht lachen.

»Und wen setzen sie uns statt dessen vor die Nase?« fragte er, während er den durchweichten Mantel abstreifte und einen feuchteten Schneeklumpen aus dem Aufschlag kratzte.

»Dich!«

Lindström machte noch einen Schritt, bis der Inhalt dieser Nachricht sein Bewusstsein erreicht hatte. Dann klatschte der Mantel auf den Boden. Er verharrte mitten in der Bewegung für den Bruchteil einer Sekunde, versuchte seinen verkrampften Körper zu entspannen, was lediglich zur Folge hatte, dass er auf seinem Schreibtischsessel kollabierte.

Jede Spannung war aus seinem schweren Körper gewichen, der einen Aggregatzustand zwischen fest und flüssig anzunehmen schien. Er wirkte entbeint. Malte Stormquist machte sich ernsthafte Sorgen um seinen Kollegen und warf verzweifelt die Kaffeemaschine an. Sie funktionierte überraschend.

»Was hast du erwartet«, versuchte Stormquist die Situation zu verharmlosen, »du bist der einzige, der das richtige Alter, das richtige Parteibuch und die unschuldigsten Augen hat, du bist auf den Posten programmiert.«

Sven Lindström bekam wieder Farbe ins Gesicht, das grünliche Weiß wechselte über fleckig-rosa zu sich vertiefendem Purpur. Er rang nach Atem.

»Das ist kein Stuhl hier«, und ließ dabei seine entkräftete Faust auf die Kiefernholzlehne fallen, »das ist ein Schleudersitz. Vorgestern war es der Palme-Mord, gestern die Waffengeschichte, heute ist es der Spion Berling, und morgen ...«

Er stockte, weil ein grimmiges Brennen sich zwischen Magen und Kehlkopf ausbreitete. Er spürte das Adrenalin, das seine Drüsen in die Blutbahn injizierten, und jede Farbe wich wieder aus seinem Gesicht.

»Weist du, ob meine Überprüfung durch die SÄPO schon abgeschlossen ist?«

Er versuchte aufzustehen, fiel aber kraftlos wieder zurück. »Ach! Ist ja sowieso egal.«

Er begann zusammenhanglos zu reden, schien zu vergessen, dass er nicht allein war.

»Was ist los mit dir?« Malte zog die Kanne aus der Maschine hervor und goss zwei Plastikbecher voll. Der Kaffee tropfte auf irgendwelche Papiere als Lindström den Becher zum Mund führte.

»Wozu regst du dich eigentlich auf. Du wirst 1100 Kronen mehr im Monat bekommen, damit kommst du in die nächst höhere Steuergruppe«, er begann zum Schein zu rechnen, »das macht 52 statt 48 Prozent Steuerabzug ...«, er tippte auf einer imaginären Rechenmaschine, »... so kommst du mit 300 netto weniger noch ganz gut dabei weg.«

»Verdammt noch mal, Malte, ich will diesen Posten nicht, nicht mal für das steuerfreie Einkommen der Abba-Typen, ich will nicht in diese Mühle ...«

Er sah fast flehend zu Malte Stormquist hinauf.

»Du weißt, was das bedeutet. Egal, was man auch tut auf diesem Posten, du trittst ständig jemand auf die Füße. Tust du nichts, schmeißen sie dich raus wegen Mängel bei der Aufklärung. Bist du zu gut, machen sie dich politisch fertig.

Das beste Beispiel ist nur einige Türen entfernt.«

»Okay, warum beschränkst du nicht auf das Mittelmaß wie es alle tun?«

Sven Lindström verlor wieder die gestraffte Gestalt und sank als amorpher Haufen auf seinem Stuhl zusammen.

»Das kann ich nicht.«

Und Malte Stormquist glaubte ihm, nein, er wusste, dass Lindström recht hatte. Er schüttete den Kaffee aus dem halbvollen Becher in den Ausguss und ging schweigend aus dem Raum.

Ort: Ost-Berlin, Grenzübergang Friedrichstraße
Zeit: Etwa zur gleichen Zeit

Karl Nestor stand in der von fahlem Neonlicht durchfluteten farblosen Halle des Grenzüberganges Friedrichstraße, eingereiht in die Schlange der westlichen Tagesbesucher, die noch vor Mitternacht die Hauptstadt der DDR wieder verlassen mussten.

Bei jedem Öffnen der Schwingtür drang ein neuer Schwall kalter Luft in die überhitzte Halle und traf als eisige Dusche seinen Rücken. Den grünen Pass mit dem eingeprägten Bundesadler und das auf billigem Papier gedruckte Tagesvisum hielt er in der Rechten und musste sich jedesmal nach der Sporttasche bücken, wenn die Kette vor ihm sich um ein Individuum verkürzte.

Die Luft roch nach Formol, wie überall in öffentlichen DDR-Gebäuden, und nach dem Schweiß der in dicken Jacken und Mänteln vor sich hindampfenden Wartenden.

Aus Langeweile studierte er den blassgelben Zettel in seiner Hand. Die Vermerke waren handschriftlich eingetragen und liefen quer über Hammer und Zirkel. ‚WB' war angekreuzt, Westberlin. Noch trennten ihn achtzig Meter Luftlinie von der Westberliner U-Bahn, die kurioserweise mitten durch die DDR-Hauptstadt kreuzte, sie gewissermaßen unterfuhr, ein kapitalistischer Tunnel in sozialistischer Erde.

Zwanzigmal hatte er mittlerweile die blaue Tasche mit den drei weißen Streifen mit der Linken aufgenommen, war einen Schritt gegangen und hatte sie wieder abgesetzt. Bücken, Tasche aufnehmen, einen Schritt in Richtung Westen tun, Tasche absetzen, aufrichten, warten.

»Gäbn se mal ihre Babiere«, der Beamte gab sich Mühe in der neuen Landessprache zu sächseln.

Karl Nestor fasste mit der Linken seine Tasche und

reichte mit der Rechten Pass und Visum über den schmalen Tresen.

Das Gesicht in der grauen Uniform verengte den Blick auf das Passbild und fokussierte dann Nestors Gesicht. Die Augen tasteten die übereinstimmenden Merkmale ab: lichter, grauer Haargranz, gerade, etwas knochige Nase, ernster Mund, der in diesem Moment keine Emotionen ausdrückte.

»Machn se mal ihr rächtes Ohr frei!«

Karl Nestor zog eine Strähne zurück und gab sein Ohr dem Blick des Beamten frei. Der DDR-Grenzer zögerte, blickte erneut auf das Visum und drehte sich dann abrupt zu einem Kollegen um.

»Du, schau mal, de Schrifd, das war aber geener von uns.«

Plötzlich stand ein Grenzpolizist neben Karl Nestor und nagelte ihn mit eindeutiger Gestik auf seinem Platz fest. Der Grenzer verschwand hinter einer Spanplattentür. Karl Nestor hörte die Wählscheibe eines Telefons, unverständliches Gemurmel. Der Hörer wurde aufgelegt, die Spantür öffnete sich wieder.

»Entschuldign se, ich gonnte ja nich wissen …«

Karl Nestor hatte den Pass schon wieder in der Hand und lächelte gequält. Sein Mund entspannte sich.

»Tasche öffnen!«

Sein Körper verkrampfte sich erneut, seine Gedanken waren vorausgeeilt, zu rasch.

Natürlich! Die Gepäckkontrolle. Der Grenzoffizier griff routiniert in die Sporttasche.

»Se können jehn«, diesmal im Berliner Jargon.

Nochmals entkrampfen und gehen, achtzig Schritte bis zum Bahnsteig der Westberliner U-Bahn. Der Formalingeruch drang nur noch schwach bis hierher. Nun mischten sich ölige Dünste mit dem Geruch überhitzter Stromleitungen. Und als sich die Bahn näherte, drang ein Schwall warmer Luft vermischt mit den Ausdünstungen feuchten Mauerwerks auf den Bahnsteig.

Karl Nestor musste sich orientieren. ‚Gesundbrunnen'- ‚Richtung Zoo', er wechselte die Bahnsteigseite, und die einfahrenden gelben Waggons schoben einen neuen Schwall Tunnelluft vor sich her.

Er stand mitten in einer Schar exotisch gekleideter Jugendlicher, die sich mit ihm in einen der Wagen drängten. Der Waggon war gut zur Hälfte besetzt. Er musste die leichte Übelkeit, die ihn befallen hatte, bekämpfen und begann die Reklamestreifen über den Fenstern zu entziffern. ‚Liebe Mutter, bitte, bitte, gib mir doch ne Paech-Brot Schnitte', daneben eine gezeichnete Statue im Stile Michelangelos mit einer Werbung zur Früherkennung von Brustkrebs.

Der Wagen ruckte an und rauschte grollend in den Tunnel. Das Licht zuckte, verlosch und entzündete sich sogleich wieder knisternd. Der Zug verlangsamte seine Fahrt, Nestor sah durch ein Fenster auf die Bahnsteige eines nur mit wenigen verstaubten Neonlampen erhellten toten Bahnhofes. Eine Filmkulisse aus der Nachkriegszeit, so schien es ihm. Unterbrochene Kachelfassaden, blinde Glasscheiben, bröckelnder Putz, zwei patrouillierende Volkspolizisten vor einer nur noch schemenhaft wahrnehmbaren Vorkriegsreklame für ‚Schwanweiß-Waschpulver'. Graue Uniformen vor ehemals weißem Federkleid. Die stählernen Säulen glitten vorbei, der Zug beschleunigte wieder.

Karl Nestor wandte sich vom Fenster ab und las wieder die Reklametafeln. ‚Hast du Ärger mal zu Haus - hol dir eine Paech-Brot-Stulle raus'. Er schüttelte den Kopf.

Der Zug schaukelte auf den ausgefahrenen Gleisen, lief plötzlich ruhiger und fuhr in die nächste Station ein

,Koch-Straße'. Er war im Westen.

Am Bahnhof-Zoo stieg er aus, schob sich zwischen schnatternden Jugendlichen, Frauen, die krampfhaft ihre Handtaschen an sich drückten, Alkoholikern und Drogensüchtigen jeden Alters durch die langen Schläuche des unterirdischen Tunnellabyrinthes Richtung Ausgang.

Endlich sah er Himmel über sich und atmete tief durch. Er versuchte sich an markanten Punkten zu orientieren, rechts der Fern- und S-Bahnhof, links die Gedächtniskirche, dahinter der gläserne Monolith des Europa-Centers, vor ihm eine düstere Passage, durch die sich die Menschenmassen schoben.

Karl Nestor betrat einen Zeitungskiosk und suchte die Reihe der internationalen Blätter ab. Er fand nicht das, was er suchte und fragte nach einer schwedischen Zeitung. Der Verkäufer fasste unter den Tresen und reichte ihm eine ,Dagens Nyheter'.

»Ist aber von gestern, heute kam keine.«

Karl Nestor zögerte nicht, nahm das Blatt und bezahlte. In einem Stehcafé nebenan überflog er die Schlagzeilen.

»Du Schwede?« Die Zeitung verdeckte den Mann, der ihn das fragte.

Nestor senkte die Zeitung und musterte kurz seinen Gegenüber. Er schätzte ihn auf 45, aber er hätte auch 65 sein können, die Augen vom Alkohol gerötet, der Mantel hatte unterhalb des Revers eingetrocknete Flecken.

»Du Schwede?« wiederholte er und deutete nacheinander auf die Zeitung und auf ihn.

»Nein, ich bin Deutscher«.

Er faltete die Zeitung zusammen und beeilte sich aus dem Raum zu kommen. Von einem Tisch im Hintergrund erhoben sich zwei Männer, warfen ein paar Münzen auf eine Untertasse und verließen nach ihm das Lokal.

Ort: Schäre vor Stockholm
Zeit: Einige Tage später

Ein heller Lichtkranz lag über dem westlichen Horizont. Seit Tagen lastete eine niedrige Wolkenschicht über den Schären vor Stockholm und ließ am Tage die Sonne nur blass hindurch schimmern. Die Temperaturen lagen immer noch über dem Gefrierpunkt, und der Schnee schmolz sofort, als er auf die ruhige Wasserfläche vor der Insel Vårholma traf.

Vom Rand der Wasserfläche jedoch hatte ein blasiger Kranz mürben Eises begonnen das kleine Eiland einzusäumen.

Eine halbe Stunde etwa war vergangen, seit der gewaltige Fährkoloss, dessen Fahrtroute Stockholm mit der finnischen Hauptstadt verband, Vårholma mit schäumendem Kielwasser in Richtung der schwedischen Hauptstadt passiert hatte.

Die hell erleuchteten Fensterreihen des zehn Deck hohen Giganten blieben unbeachtet, denn die Nordseite der Schäre war in diesen vorweihnachtlichen Tagen unbewohnt. Die Klippen warteten auf den klirrenden Frost des neuen Jahres.

An den Wochenenden des Januar und Februar würden die Stockholmer in Scharen auf die stillen Eilande einfallen und in die rotweißen Sommerhäuser wieder Leben einkehren. Jetzt aber breitete sich Düsternis aus.

Der Mann, dessen Körper mit Ausnahme des Gesichtes von einem Neoprenanzug eingehüllt war, glitt fast geräuschlos, wie ein Otter mit nass glänzendem Fell, auf die von Gletschern der Eiszeit abgeschliffenen Felsenbuckel zu und kroch, vor Anstrengung leicht keuchend, an Land. Der Netzbeutel mit dem zylinderförmigen Metallbehälter zog jetzt, da der Auftrieb im Wasser nicht mehr wirkte, schwer an seinem Arm. Er schleppte sich, während er das Mundstück des Tauchgerätes herauszog und die Brille zurückschob, unter einen der zahlreichen Wacholderbüsche, die in der dünnen Bodendecke des Felsenufers wurzelten.

Einige Minuten saß er regungslos. Sein Blick tastete mit System die Wasseroberfläche und den nahen Küstenstreifen ab, dann streifte er die Kopfhaube ab und lauschte.

Es blieben ihm höchstens zwanzig Minuten, bis die Kälte den Taucheranzug durchdringen und ihn bewegungsunfähig machen würde.

Die folgenden Handgriffe waren präzise, nicht überhastet, hundert Mal geübt. Er zog eine unscheinbare blaue Kunststoffhülle aus dem Bleigürtel, führte die Stickstoffpatrone in die nadelgroße Öffnung und betätigte den Auslöser. Mit einem dumpfen Puff füllte sich der Ball mit dem Gas. An das untere Ende der Boje knüpfte er eine Leine mit einem dreizackigen Leichtanker und an einen Karabinerhaken, darüber den schwarzen Zylinder.

Er atmete tief durch, bevor er seine Kopfhaube überstreifte, die Brille mit Speichel befeuchtete, ausspülte, über die Augen herunterzog und mit seinem Gerät ins Wasser glitt.

Die blaue Boje trieb mit kaum wahrnehmbarem Kielwasser rund fünfzig Schritte vom Ufer weg und verharrte dann.

Der Froschmann tauchte nicht mehr auf.

Ort: Stockholm
Zeit: Einige Tage später

Sven Lindström saß mit nass geschwitztem Schlafanzug auf der Bettkante und versuchte den quälenden Zustand zwischen Schlafen und Wachen zu beenden.

Außer der gestrigen Beförderung steckte ihm noch die abendliche Feier in den Knochen, oder besser, sie dröhnte in seinem Kopf. Für ihn war es eine Abschiedsfeier, Abschied von seinem Schreibtisch, seinem Büro und den Kollegen, mit denen er oft auf Einsätzen in dem Land- und Wasserlabyrinth Stockholms umhergestreift war.

Seine Abwehr gegen die Beförderung war nicht lange erfolgreich. Wenn er es nicht selbst gewusst hätte, der Reichspolizeichef machte es ihm nachdrücklich klar. Der Drogenabteilung sollte wieder ein Chef vorstehen, der sich mit ‚Knark' befasste und mit nichts anderem, schon gar nicht mit verschobenen Waffen, entlaufenen Spionen oder spionierenden U-Booten, oder was sonst noch die Schlagzeilen der Tagespresse beherrschte.

Und genau davor hatte sich Sven Lindström gefürchtet, diesem Fachidiotentum, das immer skurrilere Formen annahm. Eines Tages würde es Abteilungen für Marihuana, andere für Kokain geben, und die H-Sektion würde geteilt nach Fixern mit Aids und solche ohne ...«

Er schlich ins Bad und blickte in sein ramponiertes Gesicht. Ein Gutes hatte seine Beförderung; er musste beginnen kurzfristig zu denken. Man hatte ihn mit einer Woche Sonderurlaub bestochen, den man ihm tageweise in den nächsten fünf Jahre anrechnen würde.

»Oh, zum Teufel«, er drehte die Dusche auf ganz heiß und stellte sich samt Pyjama unter den harten Strahl.

Er sah auf die Uhr. Es war Samstag, der 13. Dezember.

Um acht Uhr rief er Malte Stormquist zu Hause an. Es dauerte eine Weile, bis der Hörer abgenommen wurde. Im Hintergrund sang eine helle Kinderstimme ein bekanntes Weihnachtslied.

Malte meldete sich.

»Hör zu, Junge«, Sven war jetzt hellwach, »was hältst du davon, wenn wir heute einen kleinen Zug durch die Gemeinde machen, ganz privat natürlich, mich quält da eine Sache, völlig privat ...«

»Völlig privat, natürlich!« echote es am anderen Ende der Leitung, »du vergisst nur, was heute für ein Tag ist, der 13., Lucia-Tag. Man merkt, dass du keine Familie hast. Du solltest dich schämen, den glücklichen Vater eines zwölfjährigen Mädchens in weißem Kleid und einem Kranz von Kerzen im Haar aus seiner Feiertagsstimmung zu reißen.«

»Malte, was ist nun?« die Stimme, weiblich, kam aus dem Hintergrund.

»Du siehst, werter Kollege, du hast den völlig falschen Zeitpunkt für eine richtige Idee gewählt. Aber, was hältst du stattdessen morgen von einer kleinen Fahrt in die Schären. Wir wollten sowieso raus, die Hütte für die Weihnachtsfeier herrichten. Da kommst du mal auf andere Gedanken, und du kannst meine Lucia live erleben, in Jeans und Pullover natürlich.«

»Es tut mir leid, wegen Lucia. Ich habe wirklich nicht daran gedacht. Aber ich danke für die Einladung, wenn es dir recht ist, komme ich kurz nach neun zum Boot.«

»Alles klar.« Der Gesang im Hintergrund war in ein unüberhörbar ärgerliches Gemurmel übergegangen.

Sven Lindström beeilte sich den Hörer aufzulegen. Er verließ eine gute halbe Stunde später seine Wohnung in der Odengatan. Der Schneefall der Vortage hatte in unterkühlten Regen gewechselt, der sobald der den gefrorenen

18

Boden berührte, schlagartig zu Eis erstarrte. Der Verkehr in der Innenstadt war zum Erliegen gekommen. Ein spiegelglatter Eispanzer legte sich wie geschmolzenes Glas auf Straßen, Gehwege und geparkte Autos.

Sven Lindström versuchte sich auf der windabgewandten Seite der Häuser zu halten und schaffte es schlitternd bis zum Zeitungsladen. Er kaufte sich einen ,Express' und überquerte die autofreie Straße.

Im ,Mac Donalds' stauten sich die Menschen, die von vereisten Straßen geflüchtet waren. Lindström reihte sich in die Schlange vor dem Tresen ein und bestellte, als er endlich an der Reihe war, einen Doppel-Cheeseburger und einen Kaffee. Er hatte einen Blick dafür, wann Leute aufstehen würden und eroberte schon nach fünf Minuten einen Sitzplatz. Natürlich war der Hamburger kalt, als er hineinbiss, und der Kaffee schmeckte bitter. Es gelang ihm trotz der Menschen, die sich lautstark an ihm vorbeischoben, die Schlagzeilen des ,Express' zu überfliegen.

»Neue Zeugen für Grenzverletzung durch fremde U-Boote.«

Die Zeitungen waren seit Wochen voll von nichtssagenden Berichten über Hinweise, zweifelhafte Zeugenaussagen, erfolglose Untersuchungen und hilflosen Kommentaren der Marine zu den vermeintlichen Unterwasserfahrzeugen fremder Mächte, die sich zwischen den tausenden von Inseln und Felsenklippen der schwedischen Ostseeküste tummeln sollten.

»Na, hast du noch immer nicht genug von dem Zeug?«

Eine schmale Männerhand hatte sich auf Lindströms Schulter gelegt. Sein Kopf fuhr herum.

»Ach, du bist es, Ronald. Na, ab und zu ess' ich mal ganz gern so einen Klops.«

»Nein, ich meine die Nachrichten«, grinste Ronald, Dreitagebart, Mitte 30, Kriminaltechniker.

»Wenn es nicht Dezember wäre, würde ich sagen ‚typisch Sommerloch-Berichterstattung‘. Hier lies mal! Inzwischen hat ein Fischer auch an der Westküste auf seinem Echolot ein vermeintliches Unterwasserfahrzeug ausgemacht.«

»Irgendwie erinnert mich der ganze Rummel an das Ungeheuer von Loch Ness, von dem jeder überzeugt ist, dass es existiert, aber keiner hat's gesehen.«

Sven Lindström faltete verärgert die Zeitung zusammen. »Wer hat Interesse an der Show, muss man doch fragen, haben wir keine anderen Problem?«

»Nachdem selbst der Kalte Krieg sich noch abgekühlt hat, ist unsere Rüstungsindustrie ein wenig durch den Wind. Da passt es doch ganz gut, wenn man das Feuer am köcheln hält.«

»Du meinst, man sollte den Russen noch dankbar sein. Schließlich sichern sie damit unsere Arbeitsplätze«, lachte Sven Lindström, lass gut sein, Ronald, wir werden's nicht ändern.«

Er warf die Reste seines Frühstückes in den Abfallcontainer, stand auf und ging hinaus auf die Straße.

Am Himmel vollzog sich eines der meteorologischen Wunder, die ihn immer wieder faszinierten. Die graue Wolkendecke, die sich seit Tagen auf die Stadt und die Gemüter gelegt hatte, bekam Risse. Das Camouflagegrau war durchsetzt von einem eisigen Türkis, wie es nur der Norden hervorbringt.

Die Temperatur musste in der halben Stunde, die Lindström in dem Imbiss verbracht hatte, um mehrere Grade gefallen sein.

Er atmete tief. Die einströmende Luft stach in seiner Lunge, aber er genoss es. Die Wolkenfetzen lösten sich auf, sobald sie das Festland in Richtung Osten verließen, und kalte Bläue spannte sich über die Stadt, deren Fassaden im Schein einer fahlgelben Sonne aufleuchteten.

Das war eine der Stimmungen, die er in diesem Land liebte. Diese kalte Klarheit, die sich auf das Gehirn übertrug und in der Lage war, depressive Anfälle, die auch ihn immer wieder überfielen, zu ‚heilen‘, wie er es ausdrückte.

Er freute sich jetzt auf den nächsten Tag in den Schären mit Malte und seiner Familie. Lindström ging hinunter zum Wasser und sah jetzt nur noch das Schöne dieser Stadt.

Er warf die gerade gekaufte Zeitung in den nächsten Papierkorb.

Ort: Göteborg
Zeit: Ein Tag zuvor

Ein Schwall öliger Dünste entwich der sich öffnenden Riesenluke in der Bordwand der ‚M.S. Stena Germanica‘. Fast vierzehn Stunden nach dem Abgang des Fährschiffes in Kiel hatte sie auf die Minute genau an diesem Frühwintermorgen in Göteborgs ‚Tysklands Terminalen‘ festgemacht.

Die ersten PKW schepperten über die stählerne Rampe hinunter auf schwedischen Boden. In eine Wolke graublauen Dunstes gehüllt dieselten Zwanzigtonner im Bauch des Schiffes, die Fahrzeuge, zwei Stockwerke übereinander, verdrängten die einströmende kühle Meeresluft.

Der beige Opel war das fünfte Fahrzeug in der Reihe, die sich schrittweise auf die Pass- und Zollkontrolle zubewegte.

Das Berliner Kennzeichen stach ab von der Masse der schwedischen Nummernschilder. In den meisten Autos herrschte eine Ahnung vorweihnachtlicher Stimmung. Viele waren in den Tagen vor ‚Jul‘ auf dem Weg nach Hause in Erwartung einiger freier Tage. Der Strom von Auslandstouristen war schon lange versiegt. Karl Nestor kurbelte die Seitenscheiben herunter und reichte seinen Pass dem wartenden Beamten. Die Kontrolle war kurz, und soweit er erkennen konnte, wurden keine Daten notiert.

Der Zollbeamte, der fünf Schritte weiter in seiner grauen Kombi wartete, winkte ihn gelassen heran.

»God morgon, sie machen Urlaub in Schweden?« Das Deutsch des Zöllners klang fast akzentfrei. Nestor nickte.

»Wir machen eine kleine Kontrolle, fahren Sie bitte da rüber und wies dabei mit unverändert freundlicher Miene auf ein graues Garagentor, das sich in diesem Augenblick hinter einem Kombi mit norwegischem Kennzeichen schloss.

Karl Nestor blieb ruhig und lenkte den Wagen auf dem matschigen Asphalt vor das Tor. Er hatte mit einer Kontrolle rechnen müssen, trotzdem nahm er es als Warnung an und ging seine geistige Checkliste durch.

Sein Wagen war absolut clean, er hatte ihn vor wenigen Tagen bei einem Gebrauchtwagenhändler in Berlin-Wilmersdorf gekauft und auf seinen Namen angemeldet.

Und er hatte nur wenig Gepäck, das Notwendigste. Die Flasche Whiskey, die er auf dem Schiff gekauft hatte, lag absichtlich gut sichtbar auf dem Rücksitz. Es gab also keinen Grund zur Nervosität.

Die Scheiben beschlugen, und er musste den Motor laufen lassen, um nicht zu frieren. Er blickte in den Rückspiegel und registrierte mit Genugtuung, dass zwei weitere Wagen mit schwedischen Nummern sich angeschlossen hatten, reine Routine demnach.

Er sah auf die Uhr, jetzt schon dreißig Minuten. Vor seiner immer noch diesigen Frontscheibe ahnte er, dass sich das Tor öffnete. Er wischte mit dem Handrücken die Scheibe frei und war erstaunt, zwei sportliche junge Frauen in grauer Kombi zu sehen, die ihn in die Garage winkten.

Hinter ihm schlossen sich die Garagentore mit einem satten Klang, der in dem kahlen Raum widerhallte.

Karl Nestor stieg aus dem Wagen und wartete. Er war verunsichert in dieser Situation zwei Frauen gegenüberzustehen, die ihn verhohlen, aber deshalb nicht weniger routiniert abschätzten.

»Packen Sie bitte alles aus!«

Die Beamtin war etwa fünfundzwanzig, mit blondem Wuschelkopf, etwas zu zivil für einen solchen Job, dachte er, während er seinen Kofferraum öffnete und eine größere Reisetasche herausnahm und auf die Ablage an einer der sonst kahlen Wände stellte.

»Bleiben Sie über Weihnachten?«

Besser hätte sie ihm die Antwort nicht in den Mund legen können.

»Ja, bei Freunden in Stockholm.«

»Ist aber noch kein Schnee jetzt«, lächelte sie, »vielleicht zu Neujahr.«

Karl Nestor wollte jetzt keine Konversation machen, er begnügte sich mit Nicken. Die beiden Frauen streiften Gummihandschuhe über und machten sich über seine Taschen und den Wagen her.

Nach fünf Minuten lagen seine Wäsche und die wenigen Hosen und Jacken ausgebreitet wie in einem Laden.

Nestor beobachtete die kurzen Wortwechsel zwischen den beiden. Die Dunkelhaarige kicherte und wandte sich an ihn.

»Sie haben wohl alles neu gekauft?«

Zum ersten Mal zuckte Karl Nestor, wenn auch unmerklich, zusammen. Die Blonde zeigte auf die Krageneinlagen, die noch in seinen Hemden steckten. Nestor stieß einen unhörbaren Fluch aus. Es hatte ihn eine halbe Stunde gekostet, diese verdammten tausend Nadeln und Plastikstreifen aus den Hemden zu fiseln, und jetzt doch ... Es war zwecklos diesen beiden irgend etwas vormachen zu wollen. Sie hatten natürlich gesehen, dass fast alle seine Kleidungsstück neu und ungetragen waren.

Er hatte fünf Sekunden mit Nachdenken verbracht, entschieden zu lange, und es fiel ihm doch nur eine Standardantwort ein.

»Ich bin in Berlin bestohlen worden und musste mir neue Sachen kaufen.«

»Das tut mir sehr leid.« Das Lächeln war echt, und Nestor entkrampfte etwas.

»Ich hoffe, dass wird Ihnen in Schweden niemals passie-

24

ren. Sie können jetzt einpacken.«

Karl Nestor atmete tiefer als üblich aus und warf die Klamotten in die beiden Taschen und verstaute sie in dem geräumigen Kofferraum.

Hinter der zweiten Garagentür öffnete sich ihm Schweden in einem winterlichen Dämmerlicht, durchsetzt von feinem Nieselregen.

Der Opel rollte im ersten Gang aus der Garage, und er fühlte sich für einen Moment völlig unbekümmert.

Er bog nach links auf die Reichstraße 45, die durch das gesamte Hafengebiet nach Norden führte. Was er nicht sah, war ein Fahrzeug mit deutscher Zulassung, das aus einem Parkhafen ausscherte und ihm in einigem Abstand folgte.

Ort: Stockholm
Zeit: 14. Dezember

Sven Lindström hatte ausgezeichnet geschlafen. Er sah auf seine Uhr, sie zeigte zwölf nach acht. Durch das Fenster sickerte diffuses Licht in sein Einzimmerappartment. Er war nicht der Mann, der mit einem Lied auf den Lippen aus dem Bett hechtete. Er schlurfte zum Fenster und registrierte an dem Quadrat Himmel, das die umliegenden Altbauten frei ließen, dass das Wetter passte.

Er lebte und litt mit dem Wetter, obwohl er ein Stadtmensch war. Er registrierte, auch wenn er arbeitete, jede Veränderung im Licht, in Helligkeit und Färbung, er fühlte den kommenden Regen oder eine abziehende Front. Ein Teil seiner selbst war immer da oben, über den Dächern der Stadt, mit dem Blick, der nur durch Horizont, Nebel oder Regenvorhänge begrenzt war.

Er gestand sich das selbst nicht ein, aber oft dachte er sehnsüchtig daran auf dem Lande zu leben, immer diesen Blick zum Wetter zu haben.

Illusion – es blieben ihm die paar Quadratmeter, welche der Hinterhof bot, und die Aussicht auf den Tag mit den Stormquists in den Schären.

Er füllte seine Tasse mit Kaffee aus der italienischen Espressokanne und schlürfte ihn in kleinen Schlucken. Er mochte nicht Kaffee aus riesigen Bechern in sich hineinschütten, so wenig, wie er das mit anderen Getränken tat. Ein Toast mit Margarine war alles, was er sich zum Kaffee erlaubte. Dumm, er versuchte immer wieder mit dem Frühstück gegen sein Übergewicht anzukämpfen. Er wusste, dass es falsch war. Der Hunger, der ihn regelmäßig am Abend wie ein knurrendes Tier überfiel, machte alle weitergehenden Vorsätze zunichte.

26

Er zog sich dem Vorhaben entsprechend an und packte vorsichtshalber eine Tasche mit frischer Wäsche und Übernachtungsutensilien.

Um Viertel vor neun verließ er das Haus und nahm den Bus bis Strandvägen. Dort lag Stormquists Boot vertäut, ein umgebauter Kutter in bestem Zustand, ein Motorsegler, gedrungen in der Form, aber außerordentlich geräumig. Eigentlich eine Nummer zu groß für einen Kriminalbeamten im Mittleren Dienst. Aber Malte Stormquist war ein Glückspilz. Er hatte in Deutschland nicht nur seine Frau kennengelernt, Karin stammte auch aus einer wohlhabenden Schifferfamilie, und der Kutter war das Hochzeitsgeschenk seines Schwiegervaters. Sie tauften es auf ‚Stormfågel‘, auch weil es gut zu seinem Namen passte.

Als Lindström mit seiner Tasche über den schmalen Steg auf das Deck des Kutters hinüber balancierte, was Maltes Familie schon fast bereit zum Auslaufen.

»Er kommt spät, aber er kommt«, bemerkte Malte Stormquist bissig.

Karin steckte den Kopf aus der Kajüte. Sie war jünger als Malte, unter dreißig, schätzte Sven Lindström, dunkelblond mit kurzem Haar und immer rosiger Gesichtsfarbe.

Sie steckte Sven eine ölige Hand entgegen.

»Der Motor hat mal wieder eine Macke, er verliert Öl.«

Lindström begnügte sich damit, ihr Handgelenk zu fassen und ihr so die Hand zu schütteln.

»Das wundert mich nicht bei eurem alten Kasten.«

»Du bist ja nur neidisch, gib es zu«, lachte sie.

»Überhaupt nicht«, Sven spielte den Entrüsteten, »mit Schiffen habe ich aber auch gar nichts im Sinn, es sei denn als Passagier.«

Die beiden Kinder kamen vom Vordeck gelaufen. Åsa war knapp sechs und genoss ihr letztes freies Jahr vor der

Schule, natürlich ohne sich dessen bewusst zu sein.

Linea hatte gerade ihren zwölften Geburtstag gefeiert und wirkte schon ein wenig erwachsen oder eher frühreif, wie Sven Lindström meinte.

Aber das hatte den Vorteil, dass man sich sehr vernünftig mit ihr unterhalten konnte.

»Das kann ja lustig werden!« Lindström wies auf die Eisschollen hin, die von Saltsjön her auf das Ufer zugetrieben wurden.

»Das schafft die Stormfågel schon. Sie hat einen wahnsinnig festen Rumpf.«

Linea wieselte um Sven Lindström herum.

»Du hast doch nicht etwa Angst?«

»Ach, wieso, bei einem solchen Vorschotmann«, und er hielt Linea an ihrem Pferdeschwanz fest.

»Frau, bitte!«

»Wieso Frau?«

»Na, Vorschot-Frau, natürlich!«

»Jawohl! Dann wirst du ja bald Kapitänin.«

»Macho!« zischte Linea.

»Wo hat sie denn das her, Malte? Kaum zwölf, und schon Feministin.«

»Tja, damit musst du heutzutage vorsichtig sein, sonst hast du bei den jungen Leuten verschi ...«

Lindström schüttelte den Kopf und versenkte seinen massigen Körper unter Deck.

»Hier unten ist es aber mit der Gleichberechtigung nicht so weit her.«

Karin jonglierte in der engen Kombüse mit dem Geschirr.

»Was ist los mit dir, Sven?«

»Ich musste mich gerade von deiner minderjährigen Tochter über die Rolle der Frau in der Seefahrt belehren lassen, sie als Vorschot-Frau.«

Karin lachte laut heraus.

»Da wirst du dich als nichtzahlender Passagier wohl oder übel den Sitten an Bord anpassen müssen – aber einen Kaffee bekommst du deshalb doch vom Smutje, Smutjin würde doch etwas albern klingen, was?«

Sven Lindström sah sich in der kleinen Kabine um. Alles war zweckmäßig eingerichtet und strahlte doch eine gewisse Großzügigkeit aus, anders als die modernen Plastboote mit ihren Wänden aus Holzimitation. Hier waren die Einbauten noch aus massivem Mahagoni gefertigt, die Armaturen spiegelten messinggelb, und trotzdem war das Boot mit allen technischen Raffinessen ausgestattet, die heute zum Standard eines Sportbootes gehören, Echolot und UKW-Funk, sogar einen kleinen Navigationsempfänger zum Anpeilen von Mittel- und Langwellensendern.

Nicht schlecht für seine Gehaltsgruppe, dachte Lindström und nickte Karin zu, die ihm den Kaffee hinstellte.

Malte und Linea hatten die Leinen los gemacht, und so tuckerte der Kahn durch das Treibeis zuerst zwischen Skepsholmen und Djurgården in den langgestreckten Sund, der hier Saltsjön genannt wurde, und genau mit Ostkurs in Richtung Baltischer See. An Gröna Lund, dem abgebrannten und wieder neu errichteten ‚Tivoli' Stockholms vorbei und dem weit ausgestreckten Grüngelände von Djurgården, den Bootsliegeplätzen von Biskopsudden und weiter Richtung Vaxholm. Der Wind blies kalt aus Süd-Ost und an Segeln war nicht zu denken.

Sven Lindström blieb die meiste Zeit unter Deck und spielte etwas mit den Geräten, die ihn interessierten.

Auf den UKW-Funkgeräten war an diesem Sonntag wenig zu hören, zumal die Reichweite beschränkt war. Aber er beobachtete interessiert die wechselnden Angaben des

Echolotes, die zwischen einem und knapp vierzig Metern schwankten. Malte hätte den Kurs vermutlich auch im Dunkeln halten können, denn sie besaßen das Boot fast genausolange wie ihr Häuschen auf der Schäre, und das waren gut sechs Jahre.

Als sie die enge Passage zwischen Vaxholm und Rindö passiert hatten und die noch engere bei Skarpö, boten sich gleich drei Leuchtfeuer als Navigationshilfen an, überflüssig, denn der Himmel war weiterhin ungetrübt blau, wie Lindström es am Morgen vorausgesagt hatte.

»Sven, komm doch mal nach oben, das wird dich interessieren!«

Lindström wandte sich von den Geräten ab und kroch durch die Luke auf das leicht vereiste Deck.

Malte und die Kinder hatten sich angeleint, die beiden Mädchen trugen außerdem signalgelbe Rettungswesten. Die Sonne stand etwas blass und trotz der Mittagszeit nur etwa eine handbreit über dem Horizont.

»Da, in der 10-Uhr-Position!«

Sven Lindström kniff die Augen zusammen, er fühlte sich immer noch geblendet. Aber jetzt sah er, worauf Malte ihn aufmerksam machte. Zwischen dem Inselgewirr hinter den Leuchttürmen schoben sich olivgraue Schatten aus der Deckung. Lindström brauchte nicht lange, um den Schiffstyp zu erkennen.

»Eine Küstenkorvette, U-Bootjäger, ganz eindeutig.«

Er hatte seinen Wehrdienst in einem Versorgungslager der Marine abgeleistet und war auch danach noch einige Male zu Reserveübungen eingezogen worden, ein notwendiges Übel in seinen Augen. Aber trotzdem schlug ihm beim Anblick der kraftstrotzenden Boote das Herz einen Schlag schneller.

»Was meinst du«, Malte sah Sven Lindström kritisch

fragend an, »werden die irgendwann mal eines dieser verdammten U-Boote aufstöbern, die sich hier herumtreiben?«

»Vermutlich eher durch Glück als durch systematisches Suchen. Manchmal frage ich mich, ob es politisch überhaupt gewollt ist zu erfahren, wer hier unter unseren Füßen herumkreuzt.«

»Wie meinst du das?«

»Stelle dir mal vor, sie bringen tatsächlich eines der Fahrzeuge auf. Nehmen wir an, es ist ein Russe ...«

»Das wahrscheinlichste.«

»Die nächste Frage ist doch, was soll dann geschehen mit den Burschen. Ihnen mit dem Zeigefinger drohen und sie mit einem bösen Brief an Gorbatschow zurückschicken? Dürfte wohl etwas zu schwach sein.«

»Was sonst?«

»Ja, eben! Einen Konflikt mit den Russen heraufbeschwören? Das würde den Amerikanern in die Hände arbeiten. Und das passt ja so überhaupt nicht zu unserer so heißgeliebten Neutralitätspolitik.«

»Und wenn es keine Russen sind?«

»Nicht auszudenken. Nehmen wir mal an, es wäre ein U-Boot mit einer gemischten Besatzung aus Briten, Deutschen und Norwegern ...«

»Und wenn doch? Schließlich sind die ja NATO-Mitglieder.«

»Na dann, gute Nacht. Diesen Konflikt würde die nordische Allianz wohl kaum ohne Schrammen überleben.«

»Da siehst du, Malte, es gibt gute Gründe, den Käse unter der Glocke zu lassen.«

Malte hatte den Kurs des Stormfågel geändert. Sie fuhren jetzt genau nach Osten und Vårholma, die Frühlingsinsel, tauchte im Dunst als niedrige Klippe aus dem Saxafjärden auf.

Die ersten rotweißen Häuschen trotzten am felsigen Südrand der Insel dem eisigen Südostwind. Der Norden der Insel war weitestgehend unbewohnt, bis auf ein Haus, das am Ende eines schmalen Kanals lag, der durch die Lage des Eilands zur Nachbarinsel Sippsön gebildet wurde.

Soweit Malte Stormquist es vom Boot aus erkennen konnte, war nur das Haus seines Nachbarn Ulf Bengtson bewohnt. Am weißen Mast wehte der schmale blau-gelbe Wimpel.

»Wem gehört das Haus da links?« wollte Stormquist wissen.

»Ulf Bengtson, er ist fünfundsiebzig, wohnt meist bis kurz vor Weihnachten auf der Insel und zieht dann wieder zu seiner Tochter in die Stadt. In der späten Jahreszeit, wenn die Sommertouristen die Schären verlassen, bleibt er oft alleine auf Vårholma und wird durch das Fährboot mit Lebensmitteln versorgt.«

»Mhm.«

»Ich bin froh Ulf als Nachbarn zu haben. Er kümmert sich ein wenig um das Haus, sieht bei Sturm nach den Dachziegeln und repariert auch mal die Wasserpumpe.«

»Ruhiges Leben.«

»Er besitzt noch zwei Häuser auf Vårholma, die er in den Urlaubsmonaten an Touristen vermietet. Das bringt zwar wenig Gewinn, aber er hat eine Aufgabe, und das ist ihm wichtig.«

Die Stormfågel berührte sanft den Steg, der zu Stormquists Haus führte. Malte sprang auf die klitschigen Bohlen und vertäute das Boot.

»Seid vorsichtig, wenn ihr rüberkommt, es ist sauglatt!« Oben auf der Klippe vor dem roten Haus mit den weißen Kanten stand ein Mann. Nach Maltes Beschreibung konnte es nur Ulf Bengtson sein. Seine dunkelgrauen Haare wehten lang um seinen runden Schädel. Wie ein Monument trotzte er dem anfallenden steifen Wind und wartete, bis sich die kleine Gruppe auf seine Höhe vorgearbeitet hatte.

»Hejsan, Ulf! Schön dich gesund zu sehen, wie ist die Lage?«

»Hej! Willkommen auf der Insel! Ich habe mir erlaubt, euer Häuschen etwas vorzuheizen, es ist kühl geworden hier draußen.«

»Phantastisch«, jubelte Karin, »Es geht doch nichts über gute Nachbarn. Wir haben dir auch einiges mitgebracht.«

»Brennstoff?« feixte Ulf Bengtson.

»Auch das«, Karin reichte ihm eine Kiste. Ein kleines Weihnachtspäckchen mit selbstgestrickten Handschuhen lang ganz zu unterst.

»Wir sind übrigens nicht alleine auf der Insel. Ich habe das Haus oben bei Sippsön an einen Deutschen vermietet. Er kam gestern mit dem Boot an.«

»Alleine?«

»Ja, ja. Er hat ziemlich wenig Gepäck mit und wollte sich nicht festlegen, wie lange er bleibt. Ist wohl Angler aus Leidenschaft, wie er sagt.«

»Du wirst ihm das mit dem Eisangeln bald schon beibringen können«.

»Ich glaube, er wird alleine zurechtkommen. Er ist auf alle Fälle nicht der Typ, der auf Familienanschluss aus ist.«

»Gut zu wissen. Dann werden wir ihn in Ruhe lassen. Vielleicht hat er sie nötig. Jetzt aber erst mal ins Haus!«

»Na, wir sehen uns vielleicht später noch.«

Ulf Bengtson verschwand in einem aufkommenden Schneeschauer.

Der Wind hatte auf Süd gedreht und drückte die Eisschollen gegen die steinige Küste. Die Temperaturen fielen auf einige Grade unter Null, und Sven Lindströms Wetterprognose vom Vormittag versank mit dem schwindenden Nachmittagslicht im Schnee.

Der Abend in dem gemütlichen Haus wurde lang und feucht. Sie hatten Ulf Bengtson zum Punsch eingeladen. Während die Kinder schon seit Stunden schliefen, heulte der Wind um das freistehende Haus, und die Eisschollen, die gegen die Küste getrieben wurden, legten sich wie eine Zange um das Boot und backten im Laufe der Nacht zu einer durchgehenden undurchdringlichen Fläche zusammen.

Der Morgen brachte eine böse Überraschung. Die Wetterfront, die im Laufe der Nacht durchgezogen war, hinterließ ein tiefverschneites Vårholma und eine im Eis hoffnungslos eingeschlossene Stormfågel.

Die Erwachsenen waren zwei Stunden damit beschäftigt, das Eis um das Boot soweit aufzuhacken, dass es zumindest nicht zerquetscht wurde. An ein Auslaufen war nicht zu denken.

»Wir müssen irgendwie im Büro Bescheid geben.«

Morgen sollte Sven Lindströms erster Arbeitstag in seiner neuen Position sein.

»Eine schöne Bescherung. Glaubst du, dass du mit deinem Funkgerät bis Stockholm kommst?«

»Probieren können wir's. Ich versuchs mal auf dem Notkanal. Die Küstenwacht hört die Frequenz auf jeden Fall ab. Die müssen das für uns regeln. Komm mit aufs Boot, Sven.«

Sie saßen frierend in der Kajüte und drehten den Kanalwähler des Funkgerätes auf 11A. Malte setzte seine Meldung ab.

»Besatzung von Kutter Stormfågel auf Vårholma vom Eis eingeschlossen, bitte melden!«

»Okay, hier Küstenwacht, hören euch mit ‚Santiago 9‘ und ‚Radio 5‘. Seid ihr in akuter Notlage? Kommen!«

»Das nicht, aber unsere Dienststelle muss informiert werden.«

»Um was handelt es sich denn?«

»Kripo ...«, und Malte gab die Dienststellenbezeichnung durch mit der Bitte die Kollegen zu informieren.

»Geht klar«, kam die Antwort von der Küstenfunkstelle, »macht euch ein paar schöne Tage. Ich hoffe, euch geht der Vorrat an Brennstoff nicht aus.«

Im Hintergrund hörte man hämisches Gelächter.

»Verstanden«, auch Malte lachte, »Versorgung ist gesichert! Danke für eure Hilfe! Ende.«

Ort: Insel Vårholma
Zeit: Am gleichen Tag

Der Himmel hatte wieder diese kalte Bläue angenommen, die Sven Lindström so liebte. Er blickte mit Malte Stormquist und Ulf Bengtson auf die raue Eisfläche, die sich als weißer Gürtel um die Insel gelegt hatte.

»Was ist das übrigens für ein Deutscher, dem du dein Haus vermietet hast?«

»Er heißt Karl, Karl Nestor, er wurde über eine Agentur vermittelt, der ich meine Häuser angeboten habe. Ein unauffälliger Kerl, braucht vermutlich ein paar Tage völlige Ruhe, kommt aus Berlin.«

Ulf Bengtson machte eine Pause.

»So gesehen hat er Glück mit dem Wetter, ideal zum Eisangeln.«

»Tja, gut für ihn, schlecht für uns. Weiß der Teufel, wie wir hier herauskommen«, stöhnte Sven Lindström.

»Nimm's leicht, ist halt höhere Gewalt«, beruhigte ihn Malte Stormquist, »ich glaube, wir sollten mal einen Spaziergang um die Insel mit der Familie machen. Das bringt uns auf andere Gedanken.«

Die Kinder wurden in dicke Schneeanzüge verpackt, Sven Lindström musste sich mit seiner Parka zufrieden geben. Sie durchquerten die Insel mit der Sonne im Rücken und streiften an der felsigen Nordküste entlang.

Die beiden Kollegen blieben etwas zurück, während Karin und Ulf Bengtson mit den Kindern über die Felsen tobten.

»Ein Gutes hat ja dieser Zwangsurlaub«, meinte Lindström, »ich brauche mal diese paar Tage, um mir über meine eigenen Veränderungen in der letzten Zeit klar zu werden.«

»Nimmst du die Sache mit dem neuen Posten nicht zu ernst?« wandte Malte Stormquist ein.

»Weißt du, Malte, mein Problem ist, solange ich meinen Job innerhalb des Fußvolkes unserer Abteilung hatte, musste ich diesen oder jenen Misserfolg lediglich mit mir selber ausmachen, denn oft wusste man selbst nicht, wo man versagt hatte. Meist wurde das dann durch die Arbeit der anderen wieder ausgeglichen. Wenn ich aber jetzt Mist baue, erhält das gleich ein anderes Gewicht, und die gesamte Abteilung leidet letztlich darunter.«

Sven Lindström hatte den Kopf gesenkt und verfolgte die Bewegung seiner Schuhspitzen beim Gehen.

»Als einfacher Beamter bist du zwar relativ anonym in deinen Erfolgen, kannst dich aber auch ducken, wenn's mal schiefgeht. So sehe ich das.«

Malte Stormquist zuckte etwas irritiert die Schultern. »Aber einer muss den Job halt machen, das weißt du genauso gut wie ich.«

»Ja, natürlich. Aber da ist noch etwas.«

Sven Lindström zögerte etwas, bevor er weitersprach.

»Ich sehe unsere Arbeit mit den illegalen Drogen in einem größeren Zusammenhang. Vordergründig erscheinen natürlich die kleinen Hascher, Kiffer, Drücker und Dealer. Aber das sind ja nicht diejenigen Leute, die Millionengeschäfte damit machen, Devisen schieben, morden, erpressen, Politiker kaufen ... Und wenn du dann anfängst, etwas an der Oberfläche zu kratzen, kommst du sehr schnell in die Gefahr, in Nachbarrevieren zu jagen. Und da gibt es eine Menge Leute, die das überhaupt nicht gerne sehen.«

»Und du fürchtest dich davor, dass du nicht wegsehen kannst, wenn eine Sache nicht nur unsere Abteilung betrifft.«

»Genau das! Aber Schluss jetzt damit.«.

Sven Lindström versuchte die düsteren Gedanken wegzuwischen und fasste den Freund und Kollegen um die Schultern.

»Vergiss, was ich dir erzählt habe. Ich werde schon irgendwie damit fertig werden.«

»Das hoffe ich für dich! Komm, lass uns mal ein Stück rennen, das macht das Gehirn frei!«

Und Malte legte los, so dass Lindström mit seinen einhundertneunzig Pfund Schwierigkeiten hatte zu folgen.

»Sieh mal, Papi, was ich da habe«, rief Åsa schon von weitem und hielt ein graugrünes Etwas schwenkend hoch. Bei näherer Betrachtung sah es wie ein großes Einkaufsnetz aus. Malte und Sven hatten Karin, die Kinder und Ulf Bengtson eingeholt.

»Du musst aber auch nicht alles aufheben, Åsa, was hier rumliegt. Leg' es wieder hin!«

»Vielleicht können wir es ja gebrauchen, wenn wir nächste Woche auf den Markt gehen«, blubberte Malte.

»Mit dem hässlichen Ding gehe ich nicht auf den Markt«, entrüstete sich Karin leicht gespielt.

»Passt wohl nicht zu deiner Wintergarderobe, das grüne Teil«, lachte Sven Lindström, »zeig' doch mal her! Irgendwo habe ich so was schon mal gesehen.«

Sie setzten sich auf einen verrottenden Baumstamm, wenige Schritte von dem hier nur mit wenigen treibenden Eisschollen bedeckten Wasser.

Alle sahen sich das Netz genau an. Für ein Einkaufsnetz war es zu groß und kräftig.

»Vielleicht von irgendeinem Fischer?«

Malte fühlte das harte Gewebe.

»Ich habe so was schon mal in der Hand gehabt. Wir können es ja mit ins Haus nehmen. Vielleicht fällt es mir wieder ein.«

Sven Lindströms Blick schweifte über die leicht vereiste Wasseroberfläche, über eine blaue Boje, etwa fünfzig Meter vom Ufer entfernt, hinaus zu den benachbarten Schäreninseln, die von der Wintersonne nur matt erhellt wurden.

»Wenn wir hier noch eine halbe Stunde warten können, dann wirst du ein eindrucksvolles Schauspiel erleben.«

Maltes Hand wies auf die unbewegte See.

Karin schaltete sich ein.

»Dann kommen nämlich gleich zwei der Finnlandfähren hier ganz nah vorbei, und das sieht wirklich gigantisch aus.«

»Das glaube ich aufs Wort, aber dieses Schauspiel würde ich dann nur als Eisblock miterleben«, fuhr Ulf Bengtson leicht erregt dazwischen, »ich biete einen heißen Punsch.«

» Okay, das ist ein Wort, also zurück zum Haus!«

Am Abend forderten die Kinder ihr Recht. Und so puzzelten sie zu Fünft an einem tausend Teile umfassenden Bild, welches das Fährschiff ‚Finlandia‘ darstellte. Man konnte einen Querschnitt durch das riesige Schiff mit seinen fast 650 Kabinen und den Autodecks für rund 450 Pkw nebst Bars, Restaurants und Maschinenraum sehen. Ein wahrer Horror von einem Puzzle.

Sven Lindström hatte den Eindruck, dass es nur zwei Sorten von Teilen gab, einfarbig blaue für Himmel und Meer und weiß-bunte für das Innere des Schiffes.

Während die Kinder sehr geschickt waren und schlafwandlerisch sicher passende Teile fanden, versuchte er die Rettungsboote unter den Maschinenraum und den Schornstein auf das Vordeck zu platzieren, was ihm gottlob nicht gelang, da kein Teil dem anderen glich.

»Da erinnere ich mich an eine 2000-Teile-Puzzle der königlichen Familie«, sagte Malte Stormquist, »ich saß, glaube ich, vier Wochen an dem Monstrum, und dann hatte ich es endlich fertig, bis auf ein Teil, das nirgendwo aufzufinden war – und das fehlte genau da, wo Sylvia ihr rechtes Auge hat. Ich konnte das Kunstwerk nur noch in den Müll werfen!«

Alle lachten bei der Vorstellung der einäugigen Königin Sylvia.

»Ich versuche gerade herauszufinden, was hier unter das Schiff passt.«

»Da ist nichts als das blaue, blaue Wasser, müsste man glauben.«

»Aber die kleinen Unterschiede, die machen es«, sagte Linea altklug, »versuchs mal mit dem«, und hielt ihm ein blauschimmerndes Teil hin, das aussah wie jedes andere.

Es passte!

»Übrigens«, unterbrach Lindström plötzlich, »mir fällt gerade ein, wo ich so ein grünes Netz schon einmal gesehen habe ...«

»Ja, und?«

Malte setzte der ‚Finlandia‘ gerade den Schornstein an die richtige Stelle aufs Oberdeck.

»Die Marinetaucher hatten solche Dinger, um kleinere Minen unter Wasser zu transportieren.«

»Bist du sicher?«

Malte fügte mit unfehlbarer Sicherheit ein Stück Himmel an der passenden Stelle ein.

»Ziemlich sicher. Die Netze waren aus geflochtenem Nylongewebe, mit einem Metallgriff. Åsa, hol doch mal das Netz, das wir heute gefunden haben!«

Karin warf Lindström einen strafenden Blick zu. Åsa kam nach einer Minute mit dem olivgrünen Maschengewebe zurück.

Malte nahm es prüfend in die Hand und musste zugeben, dass Sven Recht hatte.

»Ist ja nun Volkseigentum unser Fundstück, vielleicht sollten wir es wirklich zurückgeben an die Marine, sind ja schließlich unsere Steuergelder, welche die Jungs hier verschleudern.«

»Wenn du wieder im Büro bist, kannst du es ja auf dem Dienstweg zum Marinekommando schicken, vielleicht kriegst du ja noch Finderlohn dafür.«

»Au, ja!« jubelte Åsa, »und davon kaufen wir dann ein neues Puzzle.

»Aber bitte nicht eins von der Art ‚schwarz gekleideter Neger im unbeleuchteten Kohlenkeller‘.«

»Na, das wäre endlich mal was schweres«, sagte Linea und fügte das letzte Puzzelteil in das Bild der ‚Finlandia‘.

»Das war's dann wohl für heute!«

Karin und Malte brachten die Kinder zu Bett, und Sven Lindström vertrat sich noch einmal die Beine vor dem Haus, bevor er schlafen ging.

Ort: Vårholma
Zeit: Am nächsten Morgen

Der Morgen brachte eine ganz unerwartete Veränderung für die fünf Eingeschlossenen. Das Fährboot, das regelmäßig die Insel versorgte, hatte sich trotz des leichten Packeises bis zum allgemeinen Landungssteg auf Vårholma durchgekämpft.

In aller Eile brachen sie das Eis um die ‚Stormfågel' auf, bis sie eine Verbindung zu der neuen Fahrrinne geschaffen hatten. Die Gefangenschaft war damit beendet.

Und das Fährboot brachte noch eine Überraschung, eine Nachricht von Sven Lindströms Büro. Man bot ihm an, seine Resturlaubstage jetzt abzubummeln, bevor er sein neues Amt übernahm.

Lindström zögerte keinen Augenblick und bat Maltes Familie, ihm das Haus für den Rest der Woche zu überlassen. Die Stormquists willigten natürlich ein.

Sven Lindström stand mit Ulf Bengtson am Steg, als die Stormfågel sich langsam durch das schmale Fahrwasser schob und im Morgendunst Richtung Westen verschwand.

Er lud Ulf Bengtson zum Kaffee ein.

»Du bist hier schon lange auf der Insel«, es war nicht klar, ob es eine Frage oder eine Feststellung war.

»Ich hab das Haus kurz vor der Pensionierung gekauft, na ja, ist jetzt schon eine Weile her.«

Er nahm einen Schluck aus dem Kaffeebecher.

»In der Wohnung meiner Schwester fällt mir die Decke auf den Kopf, ein Zimmer im vierten Stock.«

»Kann ich nachvollziehen. Mein Ausblick ist ein Hinterhof und zehn mal zehn Meter Himmel, wenn ich nach oben blicke. Mir fehlt der Horizont.«

»Das ist doppeldeutig«, lachte Bengtson.

»Ach, ja! Du hast Recht, mit beidem.«

»Beruflich?«

»An sich darf ich mich nicht beschweren. Aber oft bin ich abends fix und fertig und genervt, und trotzdem nicht ausgefüllt.«

Es entstand eine Pause. Ulf Bengtson schwenkte den Rest seines Kaffees im Kreis.

»So eine Zeit hatte ich auch mal, als ich jung war, nach dem Studium.«

»Studium?«

»Ja, Schiffbau.«

»Ja, und?«

»Schlechte Zeiten damals – Schweden hinkte etwas hinterher ...«

»Hinter wem?«

»Hinter den Deutschen, da boomte es.«

»Kein Wunder, die bereiteten sich im Stillen auf den Krieg vor.«

»Ha, das wissen wir jetzt. Damals war es ‚das gelobte Land‘. Die schwedische Industrie buhlte um deren Gunst.«

»Was heute einige nicht gerne hören.«

»War aber so. Wenn du die Alten jetzt hörst, waren sie alle dagegen, bis auf ein paar Politiker, die versagt haben sollen.«

Sven Lindström trank aus seinem Becher, er war leer.«

»Sind wir heute besser?«

»Ich weiß es nicht.«

»In dreißig Jahren wird man es uns sagen.«

»Dir vielleicht, ich hab's dann hinter mir.«

»Na, lass mal, Ulf. Wird sich noch zeigen, wer als erster einen Abgang macht.«

»Ich, und zwar jetzt, in die Koje.«

Ort: Stockholm, Polizeipräsidium
Zeit: Am Tag danach

Malte Stormquist betrat am nächsten Morgen mit wenig Elan das ‚polishuset' auf Kungsholmen. Auf seinem Schreibtisch stapelten sich die Papiere. Während er noch das Material durchblätterte, rauschte Ed Eklund in sein Büro.

»Was gibt's neues«, frage Stormquist.

»Einiges. Unsere Kontaktleute in der Stadt berichten übereinstimmend, dass eine größere Menge Heroin in der Szene aufgetaucht sein muss, und zwar solche Mengen, dass es sich schon auf die Preise auswirkt.«

»Hast du schon mit dem Zoll Kontakt aufgenommen?«

»Ja, gestern. Aber bei denen ist die Front ruhig. Möglicherweise ist das Zeug auf dem Wasserweg herangeschafft worden.«

»Was sagen die Kollegen in den Häfen dazu?«

»Sie behaupten, dass eine größere Menge bei ihnen kaum durchgekommen sein könnte. Die Kontrollen waren ja nach den Funden Ende November besonders verstärkt worden.«

»Keiner war's, keiner hat was gesehen, wie üblich«, stöhnte Stormquist resigniert.

»Eine Sache ist da noch«, fügte Ed Eklund hinzu, »im Kiez treibt sich ein deutscher Wagen seit Tagen herum, ein Mercedes 200. Ist auch den Streifenkollegen schon aufgefallen. Vielleicht sollte man sich die beiden Knaben, die gewöhnlich drin sitzen, mal näher ansehen.

»Gibt es denn irgendwelche konkreten Anhaltspunkte, dass die Flecken auf der Weste haben?«

»Eigentlich nicht, aber vielleicht könnte man ja ...«

»Lass mich das mal machen! Ich weiß, was du meinst.«

Ed Eklund grinste Malte Stormquist an und verließ das Büro. Beim Durchsehen der Berichte vom Vortage fiel ihm zwischen Diebstählen, Vergewaltigungen und Einbrüchen eine ungewöhnliche Meldung auf.

Bei der Insel ‚Stor Saxaren' war die Leiche eines Tauchers angetrieben worden.

Aufgefallen war Stormquist die Meldung aus mehreren Gründen. Zum einen lag ‚Stor Saxaren' nur wenige Kilometer nördlich von Vårholma, zum anderen fragte er sich, wer bei diesen Wassertemperaturen in den Schären badet, und schließlich las er aus dem Bericht, dass der Taucher einigermaßen professionell ausgerüstet und offensichtlich erfroren war.

Die Obduktion hatte ergeben, dass ein Versagen der Geräte ausgeschlossen werden konnte. Es befand sich noch Atemluft für fünfzehn Minuten in der Flasche. Ein geübter Taucher hätte sich bequem an Land retten können, bevor die Kälte ihn bewegungsunfähig machte. Eine Umfrage bei der Marine hatte ergeben, dass dort niemand vermisst wurde. Die Marine untersuchte wohl noch die Ausrüstung des Mannes.

Malte Stormquist schüttelte den Kopf und legte den Bericht unter seine Schreibplatte. Dann rief er die Verkehrspolizei auf Södermalm an. Dort war der deutsche Mercedes beobachtet worden.

Es dauerte eine Weile, bis er den Kollegen klar gemacht hatte, was er von ihnen wollte.

Am späten Nachmittag fuhr er mit seinem alten SAAB zu Söder Mälarstrand auf Södermalm und wartete an der Brauerei auf die Kollegen.

Sie kamen gleich mit drei Streifenwagen. Zwei der Beamten erinnerten sich an den Mercedes.

»Er fährt gegen Abend immer die gleiche Strecke – hier

Söder Mälarstrand bis Slussen, biegt dann auf Hornsgatan, fährt sie langsam bis zum Ende und kommt dann wieder herunter auf Mälarstrand. Es sieht so aus, als ob sie jemanden suchen oder beobachten.«

»Wie lange geht das schon?«

»Seit etwa vier Tagen.«

Stormquist wies die Kollegen ein, die sich anschließend wieder auf ihre Wagen verteilten und an drei Stellen längs Mälarstrand verdeckt Position bezogen.

Söder Mälarstrand führt auf etwa einem Kilometer am Wasser entlang. Da das Gelände nach Süden stark ansteigt, gibt es auf der ganzen Strecke nur drei Stellen, an denen man die Straße verlassen kann.

Malte Stormquist parkte seinen Wagen kurz vor Slussen, am östlichen Ende von Söder Mälarstrand.

Nach einer halben Stunde Warten war ihm eiskalt.

Zwanzig Minuten später sah er den mausgrauen, fast nagelneuen Mercedes langsam Richtung Slussen vorbeirollen. Es herrschte jetzt lebhafter Verkehr, und es war nicht ganz leicht, unauffällig dem dahinschleichenden Wagen zu folgen.

Zwei Männer waren in der Limousine. Mehr war bei der knappen Beleuchtung nicht zu erkennen. Wie erwartet, wechselte der deutsche Wagen bei Slussen die Richtung und fuhr in die schnurgerade Hornsgatan ein.

Stormquist versuchte drei, vier Wagenlängen Abstand zu halten.

Über sein Handfunkgerät informierte er die drei Streifenwagen über seine Position.

Der Mercedes stoppte ab, offensichtlich immer dann, wenn sich auf dem Bürgersteig von Hornsgatan Gestalten zeigten, die auch Malte Stormquist als seine ‚Kundschaft‘ eingeschätzt hätte.

Dann fuhr er eine Strecke in schärferer Gangart, stoppte wieder; und so mühte sich Stormquist ab, nicht zu dicht aufzufahren und die Aktion zu verderben.

Am Ende von Hornsgatan bog der graue Mercedes in die Längholmgatan ab und dann wieder auf Söder Mälarstrand.

Malte Stormquist gab den Streifenkollegen das Signal zum Einsatz. Lars Engholm und Gunnar Björkman hatten ihren blauweißen Volvo auf dem Parkplatz hinter der Brauerei abgestellt, etwa in der Mitte von Söder Mälarstrand. Sie starteten den Motor und hielten die Kelle bereit.

Maltes Stimme kam verzerrt durch das Funkgerät.

»Ich bin jetzt hinter ihm, ihr könnt euch fertigmachen!«

Stormquist hatte sich hinter den Mercedes gesetzt. Die Deutschen fühlten sich sichtlich bedrängt und beschleunigten.

Malte Stormquist schloss wieder dicht auf und nötigte damit die beiden zu noch schnellerer Fahrt.

Er sah auf den Tacho und murmelte zufrieden.

»So, das müsste reichen.»

Er sah auch schon den Streifenwagen mit Blaulicht bei dem Brauereiparkplatz ausscheren. Lars Engholm setzte den Volvo dicht vor den Mercedes und hielt die Kelle raus.

Malte Stormquist überholte beide Wagen und verschwand Richtung Slussen, wo er den SAAB einparkte und wartete.

Engholm und Björkman hatten den Mercedes angehalten. Der Fahrer kurbelte das Fenster herunter und sah gereizt die beiden Polizisten an.

Engholm bat um ihre Ausweise.

»Sie sind hier viel zu schnell gefahren, das wissen sie sicherlich.«

Sein Deutsch war seit der Schulzeit etwas eingerostet, aber der Fahrer verstand ihn sehr wohl.

»Ja, aber wir sind von hinten bedrängt worden, irgendein alter SAAB war das.«

Engholm konnte sich eines angedeuteten Grinsens nicht erwehren.

»Das ändert leider nichts daran, dass sie mit einer Strafe rechnen müssen. Steigen sie bitte beide aus!«

Malte Stormquist trommelte mit den Fingern auf sein Lenkrad.

Dann meldete sich Gunnar Björkman per Funk.

»Wir haben die beiden Männer. Die Namen sind Helmut Reichmann und Gerd Haupt.«

»Sagt mir nichts. Komm!«

»Wo sollen wir sie hinbringen?«

Stormquist überlegte eine Sekunde.

»Zum ‚Polishuset‘ sind es keine zehn Minuten. Bringt sie in mein Büro. Ende.«

Malte Stormquist wartete verdeckt im Schatten eines Gebäudes, bis er den Streifenwagen vorbeifahren sah. Dann fuhr er ebenfalls in Richtung Kungsholmen.

Die Steifenpolizisten standen etwas hilflos mit den Deutschen in seinem Büro. Als er zu seinem Schreibtisch ging, fixierte er mit Spannung die beiden etwa 40-jährigen Männer. Aber nun war er sicher, dass sie ihn nicht im Auto erkannt hatten.

»Nehmen sie doch Platz!«

»Ihr könnt gehen, ich erledige das hier«, sagte er zu Engholm und Björkmann gewandt, die sichtlich erleichtert den Raum verließen.

Malte Stormquist sprach die beiden auf Englisch an.

»Sie wissen, weshalb sie mitkommen mussten.«

Die Antwort kam für Stormquist unerwartet.

»Das Schnellfahren kann es nicht sein. Dafür würden sie nicht diesen Aufwand betreiben«, sagte Reichmann sehr direkt und hob den Kopf, während er Stormquist fixierte.

Malte Stormquist versuchte, die Situation noch etwas zu testen, bevor er zur Sache kam.

»Ich denke doch. Wir haben hier in Schweden strenge Verkehrsgesetze, aus gutem Grund. Und sie sind gut 80 gefahren.«

»Woher wollen sie das wissen? Wir haben keinen Radarblitzer gesehen«, konterte Gerd Haupt.

»Wir haben ihre Geschwindigkeit gestoppt.«

Stormquist ahnte, was jetzt kommen würde.

»Okay, wenn das wirklich so ist, dann haben sie auch den SAAB registriert, der uns sogar noch überholt hat. Nennen Sie wenigstens die drei Buchstaben seines Kennzeichens, dann glaube ich ihnen.«

Malte Stormquist hatte es offensichtlich nicht mit ein paar Schlafmützen zu tun. Er machte einen letzten Versuch.

»Wir hatten auf der Strecke drei Streifenwagen postiert, die bezeugen können ...«

»... dass sie uns eine Falle gestellt haben«, vollendete Helmut Reichmann den Satz.

Stormquist erfasste, dass es 1:0 für die Deutschen stand. Aber auf der anderen Seite verkürzte ihre Schlagfertigkeit nur das Spiel, das er sich für sie ausgedacht hatte.

»Wir werden jetzt ein Protokoll aufnehmen und es dem Richter vorlegen. Solange muss ich ihre Pässe einbehalten. Ich weise sie darauf hin, dass sie sich bis zum Abschluss des Verfahrens ohne Genehmigung der Polizei nicht aus der Stadt entfernen dürfen. Ich bedaure das, aber unsere Gesetze schreiben das so vor.«

Gerd Haupts Reaktion beendete das ungleiche Spiel.

»Seit wann nimmt ein Beamter des Rauschgiftdezernates Protokolle von Verkehrsübertretungen auf?«

Malte Stormquist war abrupt aufgestanden und goss

Wasser und Kaffeepulver in die Maschine. Er brauchte diese Kunstpause, da die beiden ihn schneller auf den Punkt gebracht hatten, als ihm lieb war.

»Also gut. Wer sind sie und wen oder was suchen sie seit vier Tagen in Södermalm?« fragte er jetzt gerade heraus.

»Wir könnten jetzt darauf bestehen, dass wir Touristen sind, die sich für Stockholms Innenstadt interessieren.« Reichmann schwenkte jetzt auf Stormquists Masche ein. »Und sie müssten uns beweisen, dass wir das nicht sind und statt dessen etwas Unrechtes getan haben.«

»Davon kann keine Rede sein«, protestierte Stormquist und füllte ohne zu fragen drei Tassen Kaffee ab.

»Aber dann würden wir wieder ihr Spiel spielen – wenig unterhaltsam, finden sie nicht?«

»Also?«

Stormquist schob den beiden die Kaffeetassen hin. Helmut Reichmann nahm in aller Ruhe einen Schluck und lehnte sich auf dem Stuhl zurück.

»Also?«

Malte Stormquist gefielen die Pausen, die er nicht so recht unter Kontrolle hatte, wenig.

»Was wollen sie wissen?« fragte Reichmann.

Der Deutsche spielte offensichtlich auf Zeit.

Malte Stormquists Adrenalinspiegel stieg unaufhaltsam.

»Ja, bitte doch! Wen oder was suchen sie seit vier Tagen in Södermalm?«

»Sehen sie«, Gerd Haupt machte eine weitausholende Handbewegung, »Berlin ist nicht nur eine beliebtes Reiseziel für schwedische Touristen, sondern auch eine Drehscheibe für den internationalen Agentenverkehr. Und an dieser Drehscheibe gibt es – sagen wir mal – Zu- und Abfahrten. Und diese Wege führen überall hin, vor allem nach West und Ost, aber ebenso auch nach ...«

Und sein Zeigefinger deutete auf den Fußboden, »... hier nach Schweden.«

Malte Stormquist begann zu schwitzen, auf was hatte er sich hier eingelassen? Er dachte erschreckt an Sven Lindströms Warnung, nicht in fremden Revieren zu jagen.

»Es wäre wohl etwas naiv zu fragen, ob sie selbst Teil dieser, wie sagten sie doch, Agentendrehscheibe sind?«

»In der Tat! Aber keine Angst, wir gehören mehr auf die Seite der Jäger, nicht der Hasen.«

»Politische Polizei?«

»Heißt das in Schweden so?«

»Nein, Säkerhetspolis, SÄPO.«

»Bei uns nennt sich das Verfassungsschutz!«

Maltes Augen leuchteten. Er glaubte wieder Oberwasser zu haben.

»Es gibt aber ein Abkommen mit der Bundesrepublik Deutschland, dass Polizeibehörden nicht ohne ausdrückliche Erlaubnis auf fremdem Hoheitsgebiet ermitteln dürfen.«

»Haben Sie auch ein Abkommen mit Berlin, West natürlich?«

Haupt machte sich genüsslich auf dem unbequemen Stuhl breit.

Stormquists Augenbrauen zogen sich zusammen.

»Ist da ein Unterschied?«

»In diesem Fall würde ich sagen, Ja! Ich will ihnen keinen Geschichtsunterricht erteilen.«

Genau das wird er jetzt tun, dachte Malte Stormquist grimmig und brach die Spitze seines Bleistifts ab.

»... aber«, fuhr Haupt unbekümmert fort, »nach der Teilung Deutschlands blieb nach Meinung der Alliierten Berlin als ‚Selbstständige politische Einheit‘ übrig. Wir im Westen sehen das inzwischen anders und erkennen meist automatisch Bundesgesetze an. Aber, wenn es um außenpolitische Absprachen geht, dann sind wir sozusagen auf neutralem Boden. Wussten Sie zum Beispiel, dass unsere jungen Männer aus diesem Grund nicht zur Armee eingezogen werden können, oder dass Staatsmänner aus dem Warschauer Pakt sich weiterhin weigern, auf Staatsbesuchen in den Westen Berlins zu kommen?«

Malte knurrte etwas, was wie ‚Nein‘ klang.

»Sehen sie, also gibt es auch kein Abkommen Berlins mit dem schwedischen Staat über gegenseitige Ermittlungen.«

Malte Stormquist verfluchte es, je den Gedanken gehabt zu haben, diese beiden hier aufzugreifen. Es ging gegen seine Ehre, aber der musste sich irgendwie aus dieser miesen Situation befreien.

Um so überraschender für ihn war dann der plötzliche Stimmungswandel bei den Deutschen.

»Nachdem wir nun die Fronten geklärt haben, könnten wir uns ja – sagen wir mal – zum gegenseitigen Nutzen mit einigen Informationen aushelfen.«

Malte Stormquist sehnte jetzt Sven Lindström herbei. Aber der saß nichts ahnend in seiner, Malte Stormquists Sauna auf Vårholma und ließ ihn hier mit ein paar ausgebufften deutschen Sicherheitspolizisten hängen.

»Ich weiß nicht, wie ich ihnen da irgendwie helfen kann?«

»Wir sind hinter einem Mann her, der mit vermutlich falschen bundesdeutschen Papieren aus der DDR nach Berlin und von da aus nach Schweden gereist ist.«

»Wie heißt denn dieser Mann?«

»Verstehen sie bitte, dass das jetzt keine Rolle spielt. Zumal anzunehmen ist, dass er unteren mehreren Namen auftaucht.«

»Ein DDR-Agent?«

Stormquist hatte die Frage mehr rhetorisch gestellt.

»Jein«, Helmut Reichmann zögerte mit der Antwort, »so sieht es vielleicht, oder sollte ich besser sagen, so soll es zumindest aussehen. Es könnte aber ebenso sein, dass eine ultrarechte Organisation das rote Image dieses Mannes als Tarnkappe benutzt. Zumindest deutet einiges in diese Richtung.«

»Das soll einer nachvollziehen!«

Stormquist kippte seinen erkalteten Kaffee in den Ausguss.

»Ich glaube, sie sind da bei mir an die falsche Adresse geraten.«

»Wir haben uns nicht freiwillig hierher bemüht«, konterte Gerd Haupt.

»Bitte!« Malte Stormquist schob die beiden grünen Pässe über seinen Schreibtisch.

»Vergessen Sie die ganze Geschichte und betrachten sie es als kleines Versehen.«

»Schade«, Helmut Reichmann erhob sich halb, »wir haben bei unseren touristischen Rundfahrten in Södermalm ganz durch Zufall einige Fotos von Leuten geschossen, die zu ihrer Klientel gehören.«

Malte Stormquist hatte jetzt nur einen Wunsch, die beiden so schnell wie möglich loszuwerden. Aber die Neugierde, die ihn trieb, eines der lässig hingeworfenen Bilder anzusehen, wurde ihm zum Verhängnis. Es handelte sich um Polaroidaufnahmen, die sehr deutlich die Übergabe eines stattlichen Päckchens zeigten, das mit Sicherheit keinen Zucker enthielt. Er erkannte einen der beteiligten Figuren sofort. Das Foto war Gold wert!

Er ließ sich entwaffnet auf seinem Stuhl zurückfallen.

»Okay! Weiche Informationen wollen sie von mir haben?«

Sven Lindström fühlte sich herrlich unbeschwert. Er hatte sogar das Rauchen eingestellt, mehr aus Mangel an Nachschub denn aus Überzeugung. Er lief bei strahlendem Winterwetter kreuz und quer über die Insel, heizte, als es gegen drei Uhr dämmerte, die Sauna an und sprang anschließend splitternackt mit dampfendem Körper in den Schnee. Immerhin schaffte er es stundenweise nicht an seine Arbeit zu denken und verbuchte das als persönlichen Fortschritt.

Am nächsten Morgen klopfte er bei Ulf Bengtson. Der heizte gerade seinen altertümlichen Küchenofen mit feinen Holzspänen an, die er von einem Scheit abschabte.

»Etwas mühsam, auf diese Art Feuer zu machen, nicht?«

»Es gibt nichts schöneres, dagegen nichts langweiligeres, als ständig in zentralbeheizten Wohnungen zu leben. Wann hattest du deine letzte Erkältung?«

»Vor zwei Wochen.«

»Vor zwei Jahren! Der Mensch braucht den Wechsel von kalt und warm.«

»Wenn es den Wechsel von kalt nach warm betrifft, stimme ich dir zu«, und Lindström rieb sich die steifen Finger.

»Kaffee? Dauert aber noch eine Weile.«

»Nein, danke, hatte gerade zwei Tassen. Ich wollte dich eigentlich zu einem Spaziergang überreden.«

»Warum nicht. Mit dem Ofen bin ich gleich soweit. Wir können ja Pilze sammeln.«

»Pilze? Jetzt?«

»Ja, natürlich! ‚Trattkantarell‘, ein dunkler Pfifferling. Ein ausgezeichneter Pilz!«

Lindström schüttelte ungläubig den Kopf. Er kannte nur

Champions. Und die kamen aus dem Treibhaus.

Ulf Bengtson packte sein Angelgerät und einen Eisbohrer. Sie wanderten zuerst durch niedriges Ufergestrüpp nach Westen, kletterten über niedrige bewaldete Hügel nach Norden und wandten sich an der Nordküste nach Osten.

Das Eis reichte jetzt gute hundert Meter in die See hinaus. Ulf Bengtson bückte sich unvermittelt.

»Hier, unser Mittagessen.«

Sven Lindström musste zweimal hinsehen, bis er die Ansammlung schmutziggrauer trichterförmiger Pilze entdeckte und bückte sich ebenfalls danach.

»Die sind ja hart gefroren!«

»Natürlich«, lachte Ulf Bengtson, »steck' sie hier in den Beutel! Bis wir zuhause ankommen, sind sie aufgetaut.«

Sie standen in einem ganzen Feld von Trattkantarell. Sven Lindström mochte es noch immer nicht glauben – Pilze mitten im Winter.

»Fühlst du dich nicht einsam auf der Insel?« wagte Sven Lindström zu fragen.

»Fühlst du dich einsam in der Stadt?«

»Ja, oft.«

»Siehst du, ich fühle mich auch oft einsam, aber ich genieße es, du nicht.«

»Nicht in der Stadt.«

»Da geht es mir genauso. Aber hier ist Einsamkeit ein Teil des Lebens und kein Störfaktor. Ich kann hier stundenlang laufen oder fischen und meinen Gedanken nachhängen. Und dann ist alles voller Leben, wenn man es sehen will. Nach einiger Zeit beginnst du mit der Natur zu kommunizieren, auf eine ganz selbstverständliche Art. Du wirst ein Teil davon. Und wenn du dich entsprechend verhältst, fühlst du dich auch von ihr akzeptiert, als Partner.«

»Nicht ganz leicht zu verstehen.«

»In der Stadt komme ich mir oft vor wie unter einer Käseglocke. Das Leben tobt um mich herum, ich sehe es hautnah, aber es berührt mich nicht. Da fühle ich mich einsam!«

»Glaubst du, dass man ein solches Verhältnis zur Natur lernen kann?«

»Lernen, ich weiß nicht – nicht in einem Schnellkurs. Ich meine, man muss lernen sich fallen zu lassen, Vertrauen haben, dass man nicht stürzt. Viele Menschen fühlen sich in freier Natur unsicher, sie sehen überall kleine Gefahren und Unzulänglichkeiten. Sie sehen nicht, dass der Mensch keinesfalls das Maß aller Dinge ist, sondern einen unter vielen Plätzen einnimmt.«

»Warst du nicht Ingenieur?«

Sven Lindström war stehengeblieben.

»Ich finde, ich bin es noch. Aber wenn du darauf anspielst, dass mein Beruf im Gegensatz zu meinem Naturbild steht – ich sehe darin keinen Gegensatz. Auch bei Pflanzen und Tieren gibt es Ingenieure, jedes auf seine Art. Wirkliches Naturerleben ist nichts für esoterische Träumer und neuromantische Idealisten. Die Natur, die ich kenne, ist genauso unerbittlich wie großzügig, ebenso hart wie sanft.«

In Gedanken versunken erreichten sie den verrottenden Baumstamm, auf dem Sven Lindström mit Malte Stormquist, Karin und den Kindern gesessen hatte.

Ulf Bengtson wandte sich überrascht dem Eis zu.

»Es sieht aus, als ob ich den Eisbohrer vergeblich mitgenommen habe. Da hat schon jemand geangelt.«

Und Sven Lindström fiel auf, dass die blaue Boje verschwunden war.

»Eine blaue Boje? Ich kann mich an keine blaue Boje in

dieser Gegend erinnern.«

»Ganz sicher! Die Boje schwamm genau da, wo jetzt das Loch im Eis ist.«

»Ich kann den Deutschen bei Gelegenheit ja danach fragen. Außer ihm kann hier niemand geangelt haben. Wir sollten ihm dankbar sein, dass er uns ein so schönes Loch hinerlassen hat. Lass uns anfangen, sonst wird es dunkel, bevor wir etwas am Haken haben.«

Um halb vier dämmerte es zügig, und sie hatten nichts gefangen.

Sven Lindström verbrachte einen großen Teil des nächsten Tages im Bett. Er fraß sich durch Stormquists Bibliothek mit ausgesucht guten Kriminalromanen.

Am Sonntag kam das Fährboot. Sie standen zu Dritt am Steg, als der Kahn anlegte. Für Ulf Bengtson ging das Halbjahr auf der Insel zu Ende. Der Dritte war der Deutsche, den Sven Lindström nun zum ersten Mal sah. Er mochte Ende dreißig sein, lichter Haarkranz, eine auffallend knochige Nase. Ulf Bengtson sprach mit ihm auf Deutsch.

»Wollen sie abreisen oder nur einkaufen?«

»Ich komme zurück, einige Tage würde ich vielleicht noch bleiben.«

»Aber sicher! So lange sie wollen. Sie können die Miete den Stormquists geben. Die sind über Weihnachten in ihrem Haus, falls sie es so lange aushalten.«

»Ja, sicher. Sie brauchen keine Sorge haben, das geht schon in Ordnung.«

Das Boot hatte festgemacht. Der Deutsche schleppte schwer an seiner Sporttasche.

»Entschuldigen sie, wenn ich frage«, setzte Bengtson das Gespräch fort als sie einen Sitzplatz gefunden hatten, »wie klappte es mit dem Eisangeln?«

»Leider ohne Ergebnis, es hat nichts eingebracht.«

»... außer einer blauen Boje«, konnte Sven Lindström sich nicht verkneifen einzuwerfen.

Der Deutsche zuckte für einen Moment zusammen. Sven Lindström entging diese Reaktion nicht.

»Was meinen sie?«

Die Gegenfrage passte nicht zu seiner vorigen Reaktion, befand Lindström.

»Ach, so! Die alte Boje am Eisloch. Das war eine dumme Geschichte. Ich hatte gleich daneben ein Loch gehabt. Als ich die Angelschnur abließ, verfing sie sich in der Bojenleine, war ungeschickt von mir.«

»Ist ja gut«, beruhigte ihn Lindström, »ich wollte sie nicht ausfragen. Uns war nur aufgefallen, dass die Boje vor drei Wochen noch nicht und jetzt nicht mehr da war. Sie hatte nur einen kurzen Auftritt, sozusagen.«

»Ach, so! Darüber weiß ich natürlich nichts!«

»Können sie auch nicht. Vergessen sie die Sache.«

Nach zwei Stunden Fahrt legten sie nicht weit von Stockholms Schloss an. Ihre Wege trennten sich. Lindström sah den Deutschen noch in einem Opel, den der in der Nähe geparkt hatte, davonfahren. Bengtson machte sich, nachdem er sich von Sven Lindström kurz verabschiedet hatte, auf den Weg zu seiner Schwester. Und Sven Lindström hatte nichts besseres zu tun, als Malte Stormquist zu Hause anzurufen. Aber da meldete sich niemand. Er versuchte es im Büro. Nach weniger als zehn Sekunden war Stormquist am Apparat.

»Malte, ich bin's, wie ist die Lage im Büro?«

»Ah! Der Chef!«, entfuhr es Stormquist ungewollt.

»Lass den Unsinn, Malte, sag lieber, ob es Arbeit gibt für uns.«

»Arbeit!« echote Stormquist, »mich wundert, dass du hier auf der Leitung durchgekommen bist. Wir haben eine Razzia laufen wie schon lange nicht mehr. Es wäre besser, du schaffst es gleich herzukommen!«

Sven Lindström winkte ein Taxi herbei und war in sieben Minuten im ‚Polishuset‘.

Diesmal streikte seine Magnetkarte nicht, und er nahm den Aufzug. Auf der Etage der Drogenabteilung schlug ihm die Atmosphäre totaler Hektik entgegen. Beamte hasteten aus Türen, verschwanden in anderen. Telefone klingelten pausenlos, oft ohne, dass sich jemand erbarmte den Hörer abzunehmen. Lindström fühlte sich wieder zu Hause.

Er ging sofort in Maltes Büro. Der sprang auf.

»Setzt dich hin und hör’ zu!«

Er schaffte es, ihm in knapp einer viertel Stunde die Entwicklung der letzten vier Tage zu schildern, ohne dass Sven Lindström rückfragen musste.

»Kurz zusammengefasst also noch mal. Dienstag, nach der Rückfahrt von Vårholma, in der Szene haufenweise Heroin. Mittwoch, der Tipp von den beiden Verfassungsschützern – seltsame Bezeichnung – auf einen Deal in Södermalm. Verstärkte Undercover-Tätigkeit unserer Leute, vorwiegend am Donnerstag und auch gestern noch. Erstellung eines Razzienplanes. Und jetzt läuft die Chose auf vollen Touren.«

Stormquist wurde durch des Schnarren des Telefones unterbrochen. Das Gespräch war kurz.

»Okay! Bringt ihn her zu mir! Sofort!«

Sven, sie haben einen der Männer, die aufgrund der Polaroidaufnahmen identifiziert wurden. Willst du dabei sein?«

»Ja, sicher! Übrigens ... Hast du das Netz an die Marine geschickt?«

»Netz? Netz! Ach, ja, verdammt! Entschuldige, das ging jetzt völlig unter in dem ganzen Trubel. Ich hab’s hier und lasse es nachher einpacken und wegschicken.«

»War ja nur so eine Laune von mir, das Ding nicht weg-zuschmeißen.«

»Ach, noch was. Ich habe hier eine Kopie der Beschrei-bung des Mannes, den die beiden Deutschen suchen. Willst du sie sehen?«

»Unser Resort?«

»Nein, eigentlich nicht. Mehr was für die SÄPO vermut-lich.«

»Dann will ich es auch nicht sehen. Vergiss es! Du weißt ja ...«

»Ja, ja, ich weiß. Jage nicht in fremden Revieren!«

»Du sagst es.«

Malte Stormquist schob die Personenbeschreibung zu-rück unter die Schreibtischplatte.

»Könnte ja sein, dass der Knabe uns zufällig mal über den Weg läuft.«

Sven Lindström war schon hinausgeeilt, um wenigstens einen oberflächlichen Blick auf den Papierhaufen in seinem Büro zu werfen.

Er schaffte es aber nur, die gestrige Zeitung zu über-fliegen. Die Geschichte mit der Taucherleiche war für ihn noch neu, und durch die Fundstelle in der Nähe von Vår-holma erregte sie seine Aufmerksamkeit.

Die Marine hatte den Mann untersucht. Seine Ausrüs-tung, ein ziemliches Sammelsurium aus ehemaligen deut-schen Wehrmachtsbeständen und neueren Amateurteilen, deutete nicht gerade auf einen Berufstaucher oder Ange-hörigen einer militärischen Gruppe hin.

Weiterhin blieb ungeklärt, was der Mann zu dieser Zeit im eiskalten Ostseewasser suchte und warum er trotz funk-tionierender Ausrüstung erfroren war.

Sven Lindström legte die Zeitung beiseite. Er hörte aufgrund des Radaus, dass ‚Kundschaft' angekommen war.

Die Äußerungen des Mannes, der von zwei Beamten in Richtung Verhörzimmer geführt wurde, standen in krassem Gegenssatz zu seinem herausgeputzten Äußeren.

Mit seinem gutgeschnittenen, taillierten Mohairmantel und dem elegant geschwungenen Seidenschal hätte man ihn eher auf dem Heimweg von irgendeinem Managerclub vermutet.

Aber Sven Lindström tröstete sich beim Blick auf seine eigenen abgeschabten Freizeitklamotten. Er würde jetzt nicht mit dem Mantelträger tauschen wollen.

Die Tür des Verhörzimmers knallte zu und die rote Lampe signalisierte, dass man an der Arbeit war.

Sven Lindström schlich mit hinein in den engen Raum, in dem Malte Stormquist, ein Assistent und eine Schreibkraft dem ‚Mantel' gegenüberstanden.

»Ich verzichte auf einen Stuhl«, zischte der die Beamten an.

Malte war ganz ruhig. Er kannte diese Eingangszeremonie mit ‚sie haben den Falschen erwischt' und ‚ich will zuerst meinen Anwalt sprechen'.

Die beiden Polizisten wickelten die Prozedur in aller Freundlichkeit ab.

»Wo warst du am Dienstag Abend gegen 21 Uhr?« kam Stormquist endlich zur Sache.

»Was weiß ich!? Wozu willst du das wissen? Vielleicht spatzieren oder im Bett, oder ...«

»Du hast für diese Zeit nicht zufällig einen Zeugen?«

»Die Frage musste ja kommen. Nein, hab' ich nicht.«

»Aber wir!« Und Malte reichte ihm die Polaroid-Aufnahme.

Trotz der eindeutigen Situation auf dem Foto gab der Mann noch nicht auf.

»Das beweist gar nichts.«

»Nein, natürlich nicht. Darum geht es auch nicht. Uns interessiert viel mehr, von wem du den Stoff bekommen hast.«

»Hör doch auf mit der Masche. Dazu musst du mir erst beweisen, was ich da in der Hand halte.«

Er blickte geringschätzig auf das Bild.

»Zucker, Mehl, Salz, was weiß ich noch alles.«

»So, wie du deine Tricks hast, die Wahrheit zu verbergen, haben wir unsere, sie herauszubekommen, so zum Beispiel ...«

Malte machte eine theatralische Geste und nahm eine Ausgabe des ‚Express‘ aus der Tasche.

»Wir könnten dieses Bild publizieren und die Öffentlichkeit um Mithilfe bei der Identifizierung der ‚unbekannten Person‘ bitten.«

Und er zeigte demonstrativ auf den Mantelträger.

»Was hälst du davon?«

»Wollt ihr mich umbringen lassen?«

Der ‚Mantel‘ hatte plötzlich die Fassung verloren.

»Na, ja, nun verstehst du. Sieht nämlich dein Lieferant dein Bild und muss erstens fürchten, dass du gefunden wirst und zweitens auch seine Identität preisgibst, dürfte es ein kleines Wettrennen zwischen ihm und uns auf der Suche nach deiner Person geben, stimmt’s oder hab’ ich Recht?«

Der ‚Mantel‘ nahm nun doch den Stuhl und sank kraftlos zusammen.

Sven Lindström zählte im Stillen die Sekunden. Bei 42 machte der Mann den Mund wieder auf.

»Der Typ nannte sich Kurt. Es war ein Deutscher. Das Zeug war sagenhaft billig. Ich konnte einfach nicht widerstehen.«

»Okay, Ed«, sagte Malte Stormquist zu seinem Assistenten Eklund, lass dir die Beschreibung des Deutschen geben, und du ...«, dabei deutete er auf den Mantelträger, der jede Farbe im Gesicht verloren hatte, »kannst wieder gehen!«

Und damit drehte er sich um und verließ mit Sven Lindström zusammen das Vernehmungszimmer.

»Warum lässt du ihn gehen? Er hat ja fast ein Geständnis abgelegt«, wunderte sich Lindström.

»... und wird es in der nächsten Minute widerrufen. Wir haben nichts Konkretes in der Hand. Ich lasse den Mann unter Beobachtung, das bringt vielleicht mehr. Übrigens, ich habe das Netz jetzt endlich an die Marine abschicken lassen.«

Lindström grinste. »Wenn wir schon keine großen Fische fangen, haben wir immerhin schon mal ein Netz.«

Ort: In den Schären vor Stockholm
Zeit: Wenig später

Es war mehr eine Ahnung von Lichtschimmer, der als matter Streifen am östlichen Horizont den Tag ankündigte.

Der kleine Trawler war auf dem Weg in den heimatlichen Hafen von Vaxholm.

Kapitän Johansson sah auf seine Uhr und richtete dann sein Fernglas gegen den Dämmerungsstreifen über dem Heck seines Schiffes. Ein massiger Schatten hob sich von der Horizontlinie ab, dunkel, kantig, mit mehreren Lichterreihen, deren Helligkeit noch über die sich ausbreitende Morgendämmerung siegte.

»Die ‚Finlandia‘ ist etwa zwei Meilen achteraus«, murmelte er, an seinen Steuermann gerichtet, als ein Stoß, gefolgt von einem scharfen, metallischen Schleifen das Schiff und seine Mannschaft aus der Routine riss.

Johansson wandte instinktiv den Kopf und starrte auf den Monitor seines Echografen. Die leicht wellige Linie, die den Meeresboden in etwa dreißig Meter Tiefe darstellte, war durch einen kurzen geraden Lichtstrich an der Nulllinie unterbrochen und inzwischen wieder in die weiche Spur bei der 30-Meter Marke übergegangen.

»Schau dir das an, du musst das doch irgendwie gesehen haben.«

Der Steuermann antwortete gespannt, aber ohne Hektik.

»Da war kein Hindernis in Fahrtrichtung.«

Das Meer wiegte sich in einer leichten Dünung.

»Es kann doch nur eine abgerissene Tonne gewesen sein.«

Der Kapitän war erregt.

»Die hätte ich gesehen, da war nichts an der Wasserober-

64

fläche«, der Steuermann blieb ruhig.

»Ich werde die ‚Finlandia' anfunken, sie sind genau auf unserem Kurs. Die haben einen größeren Tiefgang, das könnte übel ausgehen, egal, was es auch ist.«

Die Brücke der ‚Finlandia' passte in ihren Dimensionen zu der Größe des Schiffes. Doch im matten Licht der Morgendämmerung wirkte die fast 30 Meter breite Kommandozentrale des Fährschiffes wie ausgestorben.

Der wachhabende Offizier blätterte in technischen Papieren, während der Kapitän und zwei weitere Offiziere in der benachbarten Messe kommende Einsatzpläne diskutierten.

Der Wachhabende warf einen kurzen Blick auf den Radarschirm mit dem kleinen Punkt zwei Meilen voraus und vertiefte sich wieder in seine Studien.

Das Schiff fuhr Computer gesteuert, seit sie den Hafen von Helsinki verlassen hatten. Es würde sogar kreuzenden Schiffen ausweichen, denn Radar und Steuerungscomputer waren gekoppelt und auf alle möglichen Ausweichmanöver programmiert.

»M.S. Finlandia von Trawler Blackfisk! Kommen!« schnarrte es aus dem Lautsprecher.

Der Wachhabende klappte seinen Ordner zu und griff nach dem Mikrofon des Funkgerätes.

»Finlandia an Blackfisk! Ich höre dich, komm!«

»Blackfisk. Wir sind zwei Meilen voraus auf gleichem Kurs und hatten vor zwei Minuten eine Unterwasserkollision.«

Wir haben euch auf dem Radar, Blackfisk. Habt ihr eine Ahnung, was ihr da geschrammt habt? Komm!«

»Leider nein. Über Wasser war nichts zu sehen. Auf dem Echolot ist das Objekt zu sehen, wir haben einen Ausdruck laufen. Ihr solltet sehen, dass euch nicht das gleiche passiert.

Weiß der Teufel, was da für ein Brocken rumschwimmt!«

»Okay! Verstanden! Danke für die Information.«

Während der Wachhabende auf der Finlandia noch das Mikrofon zurücklegte, drückte er die Taste der Rufanlage. Ein schrilles, rhythmisches Schnarren gellte durch alle Diensträume.

»Was ist los?« Kapitän Lund hatte die Tür zur Brücke aufgerissen und sah den Offizier, der den Autopiloten abschaltete, erwartungsvoll an.

»Mitteilung von einem Trawler zwei Meilen voraus über eine Unterwasserkollision.«

Lund ging die wenigen Schritte zu der breiten Fensterfront, durch die milchiges Tageslicht im Wettstreit mit der matten Instrumentenbeleuchtung lag.

»Maschinen Stopp!« kam sachlich das Kommando an den Wachhabenden, der die Handsteuerung übernommen hatte. Die beiden Schiffsoffiziere gingen hinüber zu den Bildschirmen von Radar und Echolot.

»Wir werden uns in Schleichfahrt rantasten und hoffen, dass wir daran vorbeikommen.«

»Sollen wir auf einen Parellelkurs gehen?«

Kapitän Lund sah sich die Seekarte an und überlegte einen Moment, während das Schiff antriebslos auslief.

»Schlecht, ganz schlecht! Nach Süden können wir nicht ausweichen, da liegt eine Schäre. Die Strömung geht leicht nach Norden. Wenn wir Pech haben und nach Steuerbord ausweichen, treibt uns das Ding genau vor den Bug. Wir bleiben auf Kurs. Wie ist die Geschwindigkeit inzwischen?«

»Acht Knoten, jetzt sieben.«

»Das müsste reichen.«

Die Offiziere auf der Brücke beobachteten die leicht bewegte See und die Bildschirme von Radar und Echolot.

Minutenlang wurde nicht gesprochen.

»Wir sind jetzt gleich an der Stelle«, rapportierte der Rudergänger.

»Geschwindigkeit?«

»Zwei Knoten.«

»Kleine Fahrt, Geschwindigkeit beibehalten!«

Die Augenpaare waren gebannt auf die Scheibe des Echolots gerichtet, das ein getreues Abbild des überfahrenen Bodenprofils lieferte.

Tiefe leicht wechselnd, 35 Meter jetzt 38.

»Da!«

Einer der Offiziere schrie es heraus.

Über der gleichmäßigen Wellenlinie des Meeresbodens zog der Lichtzeiger eine zweite Linie. Nur einige Sekunden lang, um dann in die sanften Bodenwellen des Seegrundes überzuwechseln.

Während das gesamte Bild weiter nach links wanderte, stand der kurze Strich isoliert auf der 2-Meter Marke.

»Da stimmt doch was nicht«, Lund sah die Offiziere verunsichert an. »Wir haben fast sechs Meter Tiefgang, der Trawler vermutlich keine zwei, wir hätten das Ding bei dieser geringen Fahrt auf jeden Fall berühren müssen.«

»Möglicherweise ist es eine alte Tonne, die nach der Kollision mit dem Trawler leckgeschlagen wurde und langsam sinkt.«

»Ein Tonne halte ich für unwahrscheinlich. Seht euch die Länge des Striches an! Bei einer Geschwindigkeit von zwei Knoten bleibt ein Objekt von einem Meter Länge rund eine Sekunde unter dem Sensor. Unser Ding ist aber sieben Sekunden lang registriert worden ...«.

»Also etwas zu groß für eine Tonne, könnte man sagen.«

Lund hatten den Aufzeichnungsknopf des Echografen gedrückt, bevor das unbekannte Objekt aus dem Bild herauswanderte.

»Soll sich das Seeamt mit der Sache befassen. Das war's dann. Maschine, volle Kraft voraus!«

Ein Zittern lief durch den gesamten Rumpf, als die hochgefahrenen Turbinen das 25.000 Tonnen-Schiff wieder auf seine Reisegeschwindigkeit von zwanzig Knoten zu beschleunigen versuchten.

Der Steuermann übergab das Ruder des Fährkolosses wieder an den Computer, während Kapitän und Offiziere noch die Aufzeichnung des Echografen diskutierten.

Die Finlandia hatte die offene See verlassen und war in den inneren Schärengürtel eingedrungen. Kaltes Licht durchflutete die Brücke, während der Horizont im Osten sich von blassem blau über türkis, gründlich gelb nach orange verfärbte und den beginnenden Tag ankündigte.

Aus den Augenwinkeln erkannte der Wachhabende plötzlich die gelbe Warnlampe des Fahrtmessers.

»Käpten!«

Lund wandte den Kopf, und sein Blick folgte dem ausgestreckten Zeigefinger des Wachhabenden.

»Wir kommen nicht auf unsere Geschwindigkeit!«

»Wie das? Haben wir die volle Maschinenleistung?«

»Maschinenleistung stimmt präzis.«

Kapitän Lund überflog die Instrumente. Alle zeigten korrekte Wert, nur die Anzeige des Fahrtmessers weigerte sich, die 15-Knoten Marke zu übersteigen.

Stig Lund nahm den Hörer des Bordtelefons ab und rief den leitenden Ingenieur auf die Brücke.

Bengt Berglund kam mit dem Lift aus dem Maschinenraum die zehn Stockwerke nach oben gefahren.

»Was gibt es, Stig, ihr hattet die Maschinen gestoppt.«

»Ja, wir hatten eine Warnung eines vorausfahrenden Trawlers, zu Recht. Sieh dir das Echogramm an!«

Berglund warf einen Blick auf den Papierausdruck und

nickte. »Ist ja nun vorbei, das unbekannte Objekt.«

»Ja, schon«, so Lund, »aber wir kommen seitdem nicht mehr auf Geschwindigkeit.«

Bengt Berglund überflog die Instrumente, verglich mit zunehmender Nervosität die Anzeigenwerte und zuckte schließlich mit den Schultern.

»Unbegreiflich«, mit einer hilflosen Geste drehte er die Handflächen nach oben. »Das ist, als hättest du Scheiße am Schuh. Es stinkt, aber du siehst nicht, was es ist.«

»Scheiße am Schuh«, Stig Lund murmelte das mehrmals vor sich hin und sah dann den Offizier herausfordernd an.

»Das wäre eine Möglichkeit! Vielleicht hat sich das Ding irgendwo am Rumpf verhakt und bremst uns durch seinen Widerstand ab, möglicherweise an einem der Stabilisatoren oder an der Ruderfinne.«

Bengt Berglund überlegte einen kurzen Augenblick.

Ausschließen können wir das natürlich nicht. Wir sollten vorsichtshalber die Geschwindigkeit wieder drosseln.«

»Einverstanden! Gehen wir auf halbe Leistung!«

»Nicht nötig«, der Wachhabende hatte sich von der Instrumentenkonsole weggewandt und blickte in fragende Gesichter, »das Schiff hat wieder beschleunigt.«

Die Offiziere sahen gebannt auf den Fahrtmesser, dessen Anzeige konstant stieg und dann pflichtgemäß bei 20 Knoten verharrte.

»Die Scheiße ist ab vom Schuh«, grinste Bengt Berglund.

Ein flacher Sonnenstrahl schoss durch die Brücke und traf einen schmalen felsigen, von nur wenigen Wacholderbüschen bewachsenen Küstenstreifen, keine fünfhundert Meter von der Fähre entfernt.

»Passieren Vårholma«, der Kapitän merkte sich die Positionsangabe für seine Logbucheintragung.

Die Finlandia legte fast pünktlich in Stockholm an.

Ort: Polizeipräsidium Stockholm
Zeit: Der Montag danach

Am Montag kam Sven Lindström endlich dazu, den Aktenstapel auf seinem Schreibtisch abzuarbeiten. Der Papierberg war über das Wochenende gewaltig angewachsen. Die intensive Fahndung, die auch über das Wochenende hinweg weitergeführt worden war, hatte zumindest eine Menge Papier erbracht, Fahndungs- und Verhörprotokolle.

Lindström versuchte querzulesen, aber der gedrechselte Bürokratenstil der schriftstellerisch ungewandten Beamten zwang ihn oft, die Sätze zweimal zu studieren.

Viele Aussagen enthielten den üblichen Schrott, wichtigtuerische Scheinenthüllungen der Vernommenen oder einfach notorisches Verweigern.

Aber beim Überfliegen der Blätter konnte Lindström nicht übersehen, dass wiederholt von einem vermeintlich deutschen Dealer die Rede war.

»Der große Unbekannte«, knurrte Sven Lindström gereizt. »Macht sich natürlich gut, irgendeinen westeuropäischen Ausländer ins Spiel zu bringen, in der Hoffnung, dass die Polizei mangels Fahndungsmöglichkeiten die Spur fallen lässt. Nicht mit mir!«

Sven Lindström steckte nach dem unfreiwillig freiwilligen Urlaub auf Vårholma voller Energie, und mit fast elegantem Schwung angelte er den Hörer seines Telefonapparates. Malte Stormquist meldete sich sofort.

»Sag mal, Malte, wir hatten doch am Samstag von dem ‚Mantel' die Beschreibung eines Deutschen bekommen, erinnerst du dich?«

Lindström vernahm wie Stormquist seinen Hörer auf die Tischplatte rumpeln ließ. Er meldete sich nach einer Minute zurück.

»Ja, hab' ich hier. Soll ich sie rüberbringen?«

»Das wäre nett!«

Lindström überflog das Vernehmungsprotokoll schon zum zweiten Mal. Schweißperlen hingen wie Tautropfen auf seiner Stirn, sein Gesicht hatte sich vor Erregung gerötet.

»Das muss er sein!« stammelte er. »Das ist er!«

Malte Stormquist sah seinen Freund und Chef ratlos an.

»Kein Zweifel!« polterte Sven Lindström jetzt los, die Hand auf das Papier donnernd. »Du wirst es nicht glauben, das hier ist die präzise Beschreibung von Karl Nestor.«

»Du meinst doch nicht etwa den Deutschen auf Vårholma?«

»Es scheint unglaublich. Aber ich habe ihn ja auf der Rückfahrt selbst gesehen. Das hier ist seine Beschreibung!«

Vor Anspannung hatte Lindström das Papier halb zerknüllt und fuchtelte damit vor Stormquists Gesicht herum.

»Lass uns zusammentragen, was wir über ihn wissen.«

Lindströms schwerer Kopf schüttelte sich, als wolle er diesen ungeheuren Zufall nicht wahrhaben. Er fingerte nach einem Bogen Papier.

»Also!«

»Ja«, Malte Stormquist richtete den Blick gegen die Zimmerdecke. »Ulf sagte wohl, dass er am Samstag auf Vårholma angekommen sei ...«

»... und am Sonntag darauf mit mir zusammen zurückgefahren«, beendete Lindström den Satz. Ein besseres Alibi gibt es gar nicht.«

»Aber was geschah in der Woche dazwischen? Am Dienstag haben wir das Versorgungsboot selbst kommen sehen.«

»Richtig! Sonst wäre dein Boot nicht vom Eis freigekommen. Um ehrlich zu sein, durch das Rangieren mit der ‚Stormfågel' habe zumindest ich nicht weiter auf das Fährboot geachtet. Also hätte Nestor durchaus auf das Boot gehen und damit nach Stockholm fahren können ... und an einem der nächsten Tage zurück.«

»Das wird sich klären lassen«, meinte Malte Stormquist zuversichtlich. »Vielleicht erinnert sich jemand von der Mannschaft, oder auch Ulf. Er ist ja meist draußen am Steg wenn das Boot anlegt.«

»Auch das müssen wir klären«, Lindström machte sich eifrig Notizen.

»Nehmen wir also an, er war zwischen Dienstag Mittag und dem Wochenende in der Stadt, Zeit genug, um seine Geschäfte abzuwickeln.«

»Vorausgesetzt«, wandte Stormquist ein, »er weiß genau, wie das Geschäft hier läuft. Er wird ja nicht mit einem Bauchladen durch die Straßen gerannt sein.«

»Kaum«, knurrte Sven Lindström trocken.

Er hielt eine Weile mit dem Schreiben inne und bohrte mit dem Kugelschreiber in einer unbehandelten Zahnlücke.

»Aber wozu der ganze Aufwand? Warum das komplizierte Spiel mit Vårholma, absolut irre, die Hin- und Herfahrerei, warum bleibt er nicht in der Stadt?«

»Vårholma als kleines ‚Hideaway'«, grinste Malte Stormquist anzüglich. »Vielleicht kennen ihn zu viele hier, Konkurrenz, was weiß ich, vergrätzte Kunden ...«

»Na, ich weiß nicht«, Sven sah zweifelnd an Malte hoch, »was haben wir noch an Erkenntnissen?«

Lindström überflog die krakeligen Notizen.

»Nichts«, erwiderte Stormquist stumpf.

»Was ist mit der chemischen Analyse des Stoffes?«

Malte Stormquist blätterte in seinen Papieren und fingerte einen Laborbericht hervor.

»Beste Ware, äußerst rein. Herkunft unklar. Auffällig die Menge.«

Er reichte Sven Lindström die Blätter. Der aber wirkte plötzlich wie abwesend, stierte gedankenverloren durch das Fenster des Büros in den verhangenen Winterhimmel.

Es verstrich eine Weile, bis er sich wieder Malte Stormquist zuwandte.

»Wo wohnt Ulf Bengtson eigentlich?«

»Bei seiner Schwester irgendwo.«

»Beschafft mir die Adresse! Ich will mit ihm reden!«

Malte Stormquist zuckte mit den Schultern und verließ das Büro.

Ort: Südlicher Vorort von Stockholm
Zeit: Am nächsten Tag

Bengtsons Schwester wohnte in einer jener menschen-verachtenden, in den 60er Jahren erbauten Betonburgen im südlichen Stockholm.

Als der Dienstwagen mit Sven Lindström durch die fast menschenleeren Straßen der Schlafstadt mit den lieblosen Spielplätzen und den im Grau des Nieselregens verschwimmenden steril glatten Hochhausfassaden fuhr, verstand er Ulf Bengtson, den es im Frühjahr aus dieser gekachelten Monotonie in die Schären trieb. Dorthin, wo der Blick weit schweifen konnte und die Luft noch die Haut erreichte, die Natur launisch, unberechenbar auftritt, dem Menschen aber, der in ihr und mit ihr lebt, nicht seine Würde nimmt.

Ulf Bengtson öffnete selbst, nachdem Sven Lindström die richtige Wabe in diesem Bienenstock gefunden hatte.

»Ah, der Lindström«, Bengtson machte eine weitausholende Geste des Erstaunens, als er den unerwarteten Gast groß und massig in der winzigen Diele stehen sah.

»Entschuldige, dass wir dich hier aufgestöbert haben, aber ich muss mit dir sprechen.«

»Wenn du ‚Wir' sagst, im ‚pluralis majestatis', dann kann es nur dienstlich sein.«

Ulf Bengtson dirigierte den Kommissar in das stubenhafte, mit plüschigen Möbeln ausgefüllte Wohnzimmer.

»Du hast Glück. Meine Schwester ist mit den Kindern in der Stadt. Wir können uns hier ungeniert austoben.«

Lindström war diese Art aufgesetzter Lockerheit bei Ulf Bengtson nicht gewohnt und runzelte die Stirn.

Er umriss kurz den Hintergrund seines Besuches, ohne Bengtson in die Details der Fahndung einzuweihen, und fragte ihn schließlich ziemlich direkt über Karl Nestor aus.

Ulf Bengtson schien einen Moment zu zögern.

»Du weißt ja schon fast alles. Schließlich kennst du ihn annähernd so lange wie ich. Ob er nun am Dienstag mit dem Boot abgefahren ist, weiß ich ebensowenig wie du. Ich war im Haus, als die Fähre ankam. Aber ich kann dir mit Gewissheit sagen, dass er am Donnerstag mit der Fähre ankam, in der gleichen Aufmachung, in der du ihn am Sonntag gesehen hast.«

»Auch mit der Tasche?«

»Ulf Bengtson überlegte einen Moment.

» Ja, schon. Aber er hatte sie zusammengefaltet unter dem Arm.«

»Hatte er sonst irgend etwas dabei, Tüten, irgendwas, in dem Lebensmittel hätten verpackt sein können?«

»Nein, da bin ich ziemlich sicher. Aber ...«, Bengtson zögerte, «glaubt ihr wirklich, dass der Deutsche von Vårholma aus seine Geschäfte betrieb, ziemlich umständlich, nicht wahr?«

»Tja, genau das dachten wir auch. Aber wenn wir nicht völlig falsch liegen, muss es dafür eine logische Erklärung geben.«

Ulf Bengtson schenkte dem Kommissar noch einen Aquavit ein.

»Übrigens, erinnerst du dich an die blaue Boje. Hast mich danach gefragt.«

Lindström horchte gespannt. »Was ist damit?«

»Nichts! Ich habe sie nicht gefunden. Aber in meinem Schuppen liegt jetzt eine Kette mit einem Leichtanker. Ich fand sie in einem Wacholdergebüsch, nicht weit von der Stelle, an der das Loch im Eis war.«

»Und keine Spur von der Boje?«

»Keine!«

Sven Lindström lehnte sich in dem geblümten Sofa zurück, dass unter seinem Gewicht knarrte und schwieg eine Weile, in Gedanken versunken.

Irgend etwas machte ihn unwillkürlich stutzig. Etwas von dem, was Bengtson gesagt hatte, aber er kam nicht auf die Lösung.

»Der Deutsche muss beim Aufhacken des Eises die Boje herausgenommen haben, mit der Kette und dem Anker.«

»Das hat er nicht abgestritten. Erinnere dich, du fragtest ihn danach.«

»Ja, schon, die Boje. Aber wieso hat er mühsam auch den Anker herausgezogen, wenn es nur darum ging, seinen Angelhaken aus der Kette zu lösen?« spann Lindström seinen Gedanken weiter.

»Ich kann dir da nicht weiterhelfen, fürchte ich«, sagte Ulf Bengtson, »komm, trink noch einen!«

Er hob das Glas und schaute an Lindström vorbei, als er ihm zuprostete.

»Skål!«

»Skål!«

Ort: Lindströms Wohnung
Zeit: Eine Stunde später

Als Sven Lindström unter der Dusche stand und den harten Strahl zwischen heiß und kalt pendeln ließ, versuchte er die Flut der Gedanken, die sein Hirn überschwemmten, zu bändigen. Aber je mehr er versuchte sich zu entspannen, desto verworrener erwies sich das Labyrinth in seinem Kopf.

Aus dem Chaos der Informationen formten sich Verknüpfungen, Querverbindungen, logische Reihen, wurden wieder verworfen, neue tauchten auf, wurden mit vorhandenen verknüpft, geordnet, beurteilt, bei Seite gelegt, aber nicht vergessen.

Lindströms Kopf schmerzte nach diesem Vulkanausbruch, der ihn immer dann quälte, wenn er am dringendsten Ruhe brauchte.

Er griff nach dem letzten Strohhalm und schaltete sein Fernsehgerät ein. Doch die Halbzehn-Nachrichten brachten ihm nicht die rechte Entspannung. Er brauchte eine Vollnarkose und entschloss sich, zum ersten Mal seit Jahren, ins Kino zu gehen.

Die Wirkung der Droge hielt genau 90 Minuten an, dann quälte ihn sein Hirn mit neuen Gedankenfluten. Er versuchte sich darüber klarzuwerden, warum die Arbeit an diesem Fall, der eigentlich Routine darstellte, ihn mit solcher Hartnäckigkeit quälte.

War es die Tatsache, dass er einem potentiellen Täter so nahe gewesen war, ohne dass sein Instinkt ihm auch nur das geringste Warnzeichen vermittelt hatte, oder weil der Vorgang bei aller Geläufigkeit eine Komponente enthielt, die eben nicht in das übliche Bild seiner Arbeit passte.

Er musste sich eingestehen, dass er völlig hilflos in einer

unsystematischen Ansammlung von Indizien herumstocherte, und es bestand die Gefahr, dass er einer falschen Fährte folgte, sich durch den Mangel an Struktur verzettelte.

Er schlief unruhig in dieser Nacht zum 23. Dezember.

Ort: Polizeipräsidium
Zeit: 23. Dezember

Als er Malte Stormquists Büro betrat, war der gerade damit beschäftigt, seinen Schreibtisch aufzuräumen. Eklund stand dabei und ließ sich von Stormquist noch einige Aufträge für die nächsten Tage geben.

»Wie war's bei Ulf?« fragte Malte, während er weiter seine Papiere sortierte.

»Eng in der Wohnung«, Sven Lindström rang sich ein Lächeln ab, »aber ansonsten mäßig ergiebig. Nestor war auf jeden Fall die vorige Woche in der Stadt, und offensichtlich nicht zum Einkaufen, dann die Sache mit der blauen Boje.«

Stormquist sah ihn fragend an.

Lindström versuchte ihm die mageren Informationen darüber auseinanderzupuzzeln.

»Ich komme auf jeden Fall am Zweiten zu euch rüber auf die Insel. Vielleicht finden wir ein paar Fingerabdrücke von Nestor oder sonstige Hinweise in der Ferienwohnung.«

»Ich höre ‚Wir'«, Malte sah ihn zugleich zweifelnd und leicht verärgert an.

»Keine Angst! Ich lasse dich in Ruhe. Ich werde Eklund mitnehmen.«

Ed Eklund, der vor Stormquists Schreibtisch stand, nickte erfreut.

»Ist die Fahndung nach dem Deutschen schon raus?«

Eklund kramte auf Stormquists Schreibtisch und reichte Lindström das entsprechende Telex.

»Na, ja. Ich kann dir nur ein paar ruhige Tage wünschen, Malte.«

»Ich vernehme die Ironie in deiner Stimme, Sven. Aber im Gegensatz zu dir kann ich sehr wohl abschalten in meiner dienstfreien Zeit. Du solltest es mal mit Autogenem Training versuchen.«

»Das fehlt gerade noch«, schniefte Sven Lindström und polterte aus dem Büro.

Einer plötzlichen Eingebung folgend rief er den Marinestützpunkt in Vaxholm an. Es dauerte eine geschlagene halbe Stunde, bis er sich zu der entsprechenden Stelle durchgefragt hatte.

»Wenn die ebenso lange brauchen, wenn wir mal angegriffen werden, dann – Schweden – gute Nacht!«

Der Oberst, der sich schließlich meldete, war etwas zugeknöpft, als ihn Lindström nach dem Untersuchungsergebnis über das Netz fragte. Stormquist hatte es direkt an die ‚Marinetechnische Untersuchungsstelle‘ geschickt.

Sven Lindström gelang es, den Offizier zum Reden zu bewegen.

»Also, von uns ist das Ding nicht. Wir haben in unserem Marinemuseum etwas vergleichbares gefunden. 1943 – Deutsche Kriegsmarine. Fragen Sie mich aber nicht, wie es auf die Schäre gekommen ist.«

»Hattet ihr nicht vor kurzem eine Taucherleiche mit ähnlich antiker Ausrüstung?«

Es entstand auf der Gegenseite eine längere Pause.

»Hören Sie noch«, fragte Lindström schließlich nach.

»Ja, ja«, kam es sehr gereizt zurück, »aber ich kann darüber nichts sagen. Ich finde, wir sollten das Gespräch in dieser Stelle beenden.«

Bevor Lindström noch einmal nachfragen konnte, war die Verbindung nach Vaxholm unterbrochen worden.

Zum ersten Mal seit langer Zeit zog über Sven Lindströms Gesicht ein Anflug von Lächeln. Und während er sich knarrend in seinem Stuhl zurücklehnte, ordneten sich die Gedanken in seinem gemarterten Hirn zu einem Muster.

Ed Eklund stürmte ungewöhnlich temperamentvoll in das Büro seines Chefs.

»Was gibt's, Ed?«

Lindström hatte sich gerade eine Tasse Espresso gebraut und ließ sich wieder in seinen Schreibtischsessel fallen.

Eklund wedelte mit einer druckfrischen Tageszeitung.

»Es spukt mal wieder vor Maltes Insel.«

Ed Eklund hielt etwas theatralisch die Zeitung hoch und rezitierte die Schlagzeile.

»Trawler von unbekanntem Unterwasserobjekt gerammt! Finnlandfähre auf ihrer Fahrt behindert!«

»Gib her!«

Lindström nahm ihm die Gazette aus der Hand und überflog die Zeilen.

Was ist schon ,Loch Ness' gegen die Ostsee vor Stockholm«, scherzte er zu Eklund hinüber und reichte ihm die Zeitung zurück.

Nachdem Eklund gegangen war, spürte Lindström, wie sein Gedanken wieder begannen, auf verbotenen Pfaden zu wandeln, und während er zum Telefonhörer griff, wusste er auch schon, dass er seinem selbst auferlegten Gebot, nicht in fremden Revieren zu jagen, untreu würde. Und er hatte nicht einmal ein schlechtes Gewissen, als er die Nummer der Reederei der Finlandia wählte.

Zwei Stunden später saß er im klimatisierten Büro Kapitän Stig Lund gegenüber.

»Wieso interessiert sich ausgerechnet das Drogendezernat der Stockholmer Polizei für unsere kleine Begegnung?« fragte Lund nicht ohne leichten Argwohn.

»Nun, unter Umständen gibt es da eine Querverbindung zu einem unserer Fälle«, log Lindström.

»Wie du meinst, Kommissar. Viel ist nicht zu sagen. Wir hatten nur ein kurzes Echo des Gegenstandes und anschließend eine vorübergehende, bis jetzt noch unerklärliche Fahrtverzögerung.«

»Wie tief lag das Objekt unter dem Schiff, deiner Meinung nach?«

»Nach der Aufzeichnung des Echografen zwei Meter unter dem Rumpf, als wir es erfassten.«

»Könnt ihr aus euren Aufzeichnung irgendwelche Rückschlüsse auf die Größe ziehen?«

»Tja, ja und nein. Vorausgesetzt, der Gegenstand hat sich nicht selbst bewegt, mindestens sieben Meter. Die Angabe wäre aber völlig unzuverlässig, hätte das Objekt eine Eigenbewegung gehabt.«

»Gab es früher schon einmal solche Begegnungen?«

»Ein Vorfall dieser Art ist meines Wissens bisher noch nicht gemeldet worden. Das heißt natürlich nicht, dass wir nicht des öfteren irgendwelche Gegenstände überfahren, Treibgut, abgerissene Bojen, herrenlose Surfbretter, weiß der Teufel. Das kommt natürlich vor. Aber das taucht in keinem Logbuch auf. Das Echolot warnt uns nur, wenn die eingestellte Tief kontinuierlich abnimmt und unterschritten wird. Aber solch kurzzeitigen Unterschreitungen ...«

Lund zuckte nonchalant mit den Schultern.

»Hattet ihr in der letzten Zeit irgendwelche Ausfälle auf der Strecke, oder auch Routenänderungen oder ähnliches?« fragte Lindström mehr beiläufig.

Stig Lund griff zu einem Aktenordner.

»Ja, warte mal! Das war am ...«, er blätterte in den Papieren, »hier am 13.12. Da mussten wir wegen einer militärischen Übung kurzfristig über die Nordroute ausweichen.«

»Da kamen also beide Finnlandfähren nicht an Vårholma vorbei.«

»Vårholma? Wie kommst du gerade auf diese Schäre? Nein, dieses Gebiet war gesperrt. Wir fuhren über ...«

Sven Lindström unterbrach ihn.

»So genau wollte ich es nicht wissen. Aber nebenbei, ich würde liebend gerne einmal mit euch nach Helsinki und zurück fahren.«

»Kein Problem, Kommissar, du brauchst nur eine Passage zur buchen, kostet zur Zeit ...«

»Ich meine – auf der Brücke!«

Stig Lund zögerte einen Moment.

»Na, ja, warum nicht. Du wirst nur enttäuscht sein. Es passiert dort wenig aufregendes. Aber bitte, an mir soll es nicht scheitern. Rufe mich vorher an!«

Sven Lindström fuhr die wenigen Kilometer zur Reparaturwerft, in welcher der Trawler ‚Blackfisk' im Trockendock lag.

Der Werftingenieur, ein quirliger Mitdreißiger, zeigte ihm bereitwillig den ramponierten Rumpf des Schiffes.

Über die gesamte Länge zog sich auf der Steuerbordseite eine durchgehende Delle, die rote Schutzfarbe war abgesplittert und das inzwischen angerostete Metall lag frei. Dunkle Farbspuren füllten Teile der Schramme.

»Hast du eine Vorstellung, was das Boot gerammt haben könnte?«

Der Ingenieur zuckte die Achseln.

»Auf jede Fall ein massiver Stahlkörper.«

»Eine Tonne?«

»Nach den Angaben des Kapitän, Nein. Die hätte man gesehen.«

»Was ist mit der Farbe?«

Lindström kratzte mit dem Fingernagel an den dunklen Stellen der Kerbe.

»Dafür interessiert sich schon die Marine. Irgendein dunkelgrauer Schutzanstrich, vermute ich. Vielmehr kann ich dir jetzt auch nicht sagen. Wir warten den Bericht der

Marine ab und werden den Trawler dann wieder instand setzen.«

Als Sven Lindström am Nachmittag das Marinekommando anrief, stieß er dort auf eisiges Schweigen. Über den Fall war eine Informationssperre verhängt worden, die auch den neugierigen Fragen Sven Lindströms standhielt.

»Na, dann eben nicht«, Sven Lindström schien nicht besonders enttäuscht zu sein über die Abfuhr.

Er wählte Ulf Bengtsons Nummer. Der schien nicht auffällig erstaunt zu sein, dass der Kommissar sich schon wieder bei ihm meldete.

»Sag mal, Ulf, würde es dir etwas ausmachen, wenn wir uns noch einmal treffen würden. Ich habe da einiges zu hören und sehen bekommen, was dich als Schiffbauingenieur auch interessieren dürfte.«

Der Köder saß sofort.

»Du weißt nicht, wie sehr du mir damit einen Gefallen tust. Ich sterbe hier vor Langeweile.«

»Ich lade dich zum Essen ein, wir wär's damit?« fügte Sven Lindström hinzu.

Kurz nach acht trafen sie sich in einem kleinen Restaurant mit französischer Küche in einer der verwinkelten Gassen der Stockholmer Altstadt.

Dichter Schneefall hatte inzwischen eingesetzt, Schnee, den der Wind durch die schmalen Häuserschluchten trieb.

Der offene Kamin verstärkte das Gefühl von Behaglichkeit der geschmackvoll eingerichteten Wirtsstube.

»Es hätte des Köders, ich meine den Hinweis auf meine berufliche Vergangenheit, nicht bedurft. Ich hätte auch ohne den nicht Nein gesagt.«

Sven Lindström fühlte sich durchschaut und nahm sich vor Ulf Bengtson vorurteilsfrei in seine bisherigen Erkenntnis einzuweihen.

Bengtson folgte gespannt seiner Schilderung und unterbrach ihn nur gelegentlich mit Zwischenfragen.

Lindström kam zum Schluss.

»Siehst du nach all dem, was ich dir erzählt habe, irgendeine logische Erklärung dafür, dass sich Karl Nestor gerade auf Vårholma eingerichtet hat, um seinen Deal in Stockholm vorzubereiten, vorausgesetzt, dass unser Verdacht wirklich gerechtfertigt ist?«

»Das kann ich natürlich nicht beurteilen«, meinte Ulf Bengtson nach einer Überlegungspause, »ich versuche mich in seine Lage zu versetzen. Also, was ich tun würde, wenn ich einen solchen Auftrag hätte.«

Er nahm einen Schluck Rotwein und leckte sich die Lippen.

»Hätte ich bei meiner Ankunft in Schweden die heiße Ware schon bei mir gehabt, hätte ich nicht den auffälligen und komplizierten Weg über Vårholma gewählt, sondern mich in einer unauffälligen Pension in der Stadt einquartiert. Der Aufenthalt auf Vårholma kann eigentlich nur zwei Gründe haben. Entweder ich kann mich in der Stadt, warum auch immer, nicht sehen lassen, oder ...«

Ihr Gespräch wurde durch den Kellner unterbrochen, der das Essen servierte.

»Sieht nicht schlecht aus, Ulf.«

Bengtson besah sich die Filetmedaillons mit Kräuterrahmsauce und führte einen Bissen zum Mund.

Sven Lindström sah ihn mit gespannter Aufmerksamkeit an.

»Wo waren wir stehen geblieben?«

Bengtson spülte mit einem Schluck Wein nach.

»Ach so! ... oder Vårholma ist der Ort für die Übergabe des Materials.«

Sven Lindström ließ die Gabel mit dem ersten Bissen,

den er gerade zum Mund führen wollte, wieder sinken.

»Das meinst du doch wohl nicht im Ernst, Ulf?«

»Du wolltest meine Meinung hören, was anderes fällt mir dazu nicht ein.«

»Entschuldige! Ich wollte dich nicht kritisieren. Es klingt nur so unwahrscheinlich.«

Sven Lindström nahm den Happen, um Zeit zum Nachdenken zu gewinnen, wieder auf.

Während er, ohne recht auf den Geschmack zu achten, kaute, versuchte er die Gedankensplitter zu einem sinnvollen Mosaik zu ordnen.

»Es ist ziemlich unwahrscheinlich, dass in der Woche, in der wir auf der Insel waren, ein Boot unbemerkt angelegt hat und jemand mit Nestor Kontakt aufnahm. Das wäre zu auffällig gewesen, zumal sich schon am Montag Eis um die Insel gelegt hat.«

»Im Norden schon früher«, bestärkte Bengtson Sven Lindström in seiner Meinung.

»Und außer uns und den Stormquists hielt sich ansonsten niemand auf der Insel auf.«

»Richtig!« Ulf Bengtson goss die leeren Gläser voll.

»Bliebe nur, dass der Stoff vorher auf die Insel geschafft wurde.«

»So nach Art der Schatzgräber«, feixte Bengtson, »nein, nein, so geht das nicht. Vergraben lässt sich da nichts, da müsste es schon in einem der Häuser deponiert worden sein.«

Er machte eine Pause, während er ein Stück Filet in die Sauce tunkte.

»Aber auch daran glaube ich nicht. Meine Hütte, in der er wohnt, möchte ich mal von vornherein ausklammern, und bei den anderen«, Bengtson schüttelte seinen grauen Schopf, »er hätte dort jederzeit damit rechnen müssen, dass ich da plötzlich auftauche. Ein zu großes Risiko für eine solche vorausgeplante Aktion.«

Lindström gab dem Kellner einen Wink und bestellte noch eine Flasche Wein.

Ulf Bengtson sah ihn groß an.

»Keine Angst, Ulf, geht auf Spesen. Du bist ein interessanter Informant.«

Ulf Bengtson hob die Augenbrauen.

»Weißt du, Ulf, da bleibt von deiner These aber nicht mehr viel übrig.«

»Um so besser.«

Der Kellner stellte eine neue Flasche auf den Tisch.

»So reduzieren sich zumindest die verbleibenden Möglichkeiten.«

»Und die wären?«

In Lindströms Frage hatte sich eine Spur von Ungläubigkeit gemischt.

»Karl Nestor ist nicht dein Mann!«

Sven Lindström war wie vom Donner gerührt. Was sollte das, diese plötzliche Kehrtwendung.

Diese so eifrige Unterstützung bei der Analyse der Fakten bis ins kleinste Detail und jetzt der Abbruch.

»Du hast etwas vergessen, Ulf!«

In Lindströms Gesicht schlichen sich zum ersten Mal an diesem Abend härtere Züge.

Ulf Bengtson sah ihn nicht an.

»Die blaue Boje. Nestor hat sich daran zu schaffen gemacht, kein Zweifel.«

»Die Boje, die Boje«, war es die Wirkung des Weines oder sein letzter Satz. Sven Lindström hatte den Eindruck, dass Ulf Bengtson nicht mehr ganz bei der Sache war, sich gedanklich eingeigelt hatte.

»Okay, lass gut sein für heute!« versuchte Lindström etwas hilflos, die Situation zu retten.

Sie aßen schweigend zu Ende.

Sven Lindström versuchte trotz des Alkohols in seinem Blut rational zu denken.

Ulf Bengtson hatte ihn verunsichert, was seine sich selbst widersprechende These betraf, aber auch seine Person. Er hatte nicht die Hilfe gefunden, die er sich von ihm erhofft hatte.

Ort: Stockholm
Zeit: 24. Dezember

Der 24. Dezember gab Sven Lindström viel Gelegenheit zum Nachdenken, über Karl Nestor, Ulf Bengtson und über sich selbst.

Er strich am späten Nachmittag des Weihnachtsabends wie ein streunender Hund durch die fast menschenleeren Straßen seines Viertels und tröstete sich damit, dass solche Tage die Depressionen aller Alleinstehenden tüchtig anheizen.

Der Schnee fiel nass und schwer, zerfloss auf den gesalzenen Straßen. Die Leuchtreklamen an den Häuserfassaden sendeten ihre Botschaften ins Nichts, niemand wollte sie an diesem Abend beachten. Die wenigen Taxis fuhren leer auf der Suche nach möglichen Kunden durch die verödeten Straßen.

Lindström machte einen großen Bogen um die Straßenkioske, weil er fürchtete, von der Trostlosigkeit der dort Herumlungernden infiziert zu werden und musste sich doch eingestehen, dass er sich in einer kaum besseren Verfassung befand.

Die Namen der letzten Tage schwirrten durch seinen Kopf. Nestor, Stormquist, Bengtson, Lund. Ebenso die Ereignisse. Vårholma, blaue Boje, Finlandia, heiße Ware.

Er fühlte ein Verlangen zu seinem Büro zu gehen, aber er kämpfte den Impuls nieder und beschloss stattdessen schon morgen nach Vårholma zu fahren und nicht erst am Samstag.

Dieser Gedanke heiterte ihn auf, holte ihn aus seiner Schwermut zurück. Erleichtert schlenderte er nach Hause und ging zeitig zu Bett.

Ort: Stockholm
Zeit: 25. Dezember

Am Morgen rief er Eklund an, der über die Feiertage Dienst hatte, und verabredete sich mit ihm an der Anlegestelle des Fährbootes nach Vårholma.

Ed Eklund war erst seit einem halben Jahr in seiner Abteilung, aber der schätzte den jungen Kollegen, der gerade seiner Assistenzzeit entwachsen war, sehr.

Daher ärgerte er sich zuweilen über Malte Stormquist, der den Jungen gern nach seiner Pfeife tanzen ließ, anstatt ihn auch selbständig arbeiten zu lassen. Als er von weitem schon Eklund am Steg warten sah, nahm er sich vor, mit Malte einmal darüber zu sprechen.

»Ich hatte vergessen, dir das zu sagen, aber ich sehe, du hast selber daran gedacht«, begrüßte er Ed Eklund und zeigte auf den schwarzen Spurensicherungskoffer.

»Ja, du sagtest etwas von Fingerabdrücken, da dachte ich natürlich ...«

»Da dachtest du völlig richtig. Lass uns einsteigen, ich bin etwas spät dran!«

Das kleine Boot brauchte rund zwei Stunden, um durch das Schärenlabyrinth Vårholma zu erreichen.

Der Eisgürtel, der vor einer Woche noch ihre Abfahrt von der Insel verzögert hatte, war fast vollständig verschwunden. Nur eine leichte Schneedecke hüllte die glattgeschliffenen Felsenbuckel am Ufer ein.

Lindström hatte sich von Ulf Bengtson den Schlüssel zu Karl Nestors Ferienwohnung geben lassen. Sie machten einen großen Bogen um Malte Stormquists Haus, hinter dessen Fenstern Licht brannte.

Sven Lindström hatte sich vorgenommen, Malte bis Samstag in Ruhe zu lassen. Mühsam schleppte er seine

Reisetasche mit Proviant, während Eklund sich mit dem Koffer auf dem schmalen Fußpfad schwer tat.

Sie gingen schweigend, bis das Haus am Nord-Ost Ende der Insel auftauchte. Nur durch ein schmales Fahrwasser getrennt, lag, vom Dunst verhüllt, die kleine Nachbarinsel.

Als Lindström die Haustür aufschloss, schlug ihnen klamme Kälte entgegen.

»Das Problem ist, möglicherweise vorhandene Spuren nicht zu verwischen und dennoch nicht zu erfrieren.«

Ed Eklund sah seinen Chef fragend an.

»Ich gehe Holz hacken, sieh du zu, ob du etwas findest«, und Lindström nickte in Richtung des Spurensicherungskoffers.

Ed Eklund lächelte ihn dankbar an.

Lindström ging einmal ums Haus und öffnete dann die unverschlossene Tür zum Holzschuppen, zerrte sich den Hackklotz hervor und tobte sich eine halbe Stunde an den ellenlangen Birkenholzstämmen aus.

Als er mit einem Korb voller Scheite die Tür zur Küche aufstieß, leuchtete sein Gesicht rot vor Anstrengung und troff vor Schweiß, aber er lachte.

»Die erste Rate«, strahlte er Eklund an, der gerade dabei war, den Griff der altertümlichen Kühlbox zu bepudern.

»Schon was gefunden?« fragte Sven Lindström, während er die Holzscheite vor den Küchenofen poltern ließ.

»Ja, klar! Fingerabdrücke, zwei verschiedene, einige überlappen sich teilweise.«

»Ausgezeichnet!«

»Du hast nicht zufällig Fingerabdrücke von Ulf Bengtson zum Vergleich?«

Lindström biss sich auf die Unterlippe.

»Daran hätte ich denken sollen. Aber die können wir uns von der Türklinke seines Hauses holen. Er wird wohl nichts dagegen haben.«

»Der Ofen verbreitete eine viertel Stunde lang einen höllischen Qualm in der Küche, bis der Schlot getrocknet war und richtig zog.

Sven Lindström und Ed Eklund standen sich, fast blind vor Tränen, hustend, keuchend und gleichzeitig lachend gegenüber.

»Ich werde für uns beide Gefahrenzulage beantragen«, japste Lindström.

Eklund griff sich einen Eimer, war froh aus der verräucherten Küche zu kommen und pumpte mit einem Geräusch, das Lindström stark an einen andalusischen Esel erinnerte, Wasser aus dem hauseigenen Brunnen vor dem Haus.

Eine Stunde später schlichen sie, in sicherem Abstand zu Stormquists Haus, heran und nahmen Fingerabdrücke an Türklinke und einem offensichtlich zum Lüften oft benutzten Fenster an Ulf Bengtsons Sommerhaus.

Als sie wieder am Küchentisch ihrer provisorischen Behausung saßen, platzte Lindström ungeduldig heraus.

»Also, Ed, nun gib mal einen kurzen Bericht.«

Eklund nahm sich Zeit, sortierte seine Aufzeichnungen und berichtete dann sachlich und konzentriert.

»Gehen wir davon aus, dass die Abdrücke, die nicht mit denen an Bengtsons Türklinke und Fenster übereinstimmen, Karl Nestor zuzuordnen sind, dann befinden sie sich unzweideutig auf mehreren Küchengeräten, an der Platte des Küchentisches u.s.w., und besonders deutlich an der Kühlbox.«

Eklund deutete mit dem Kopf hinter sich. Dort ist auch Bengtsons Abdruck eindeutig zu identifizieren und überdeckt den von Nestor.«

»Nestors Abdruck überlappt den von Bengtson?«

»Nein, umgekehrt.«

Lindström zuckte zusammen.

»Bist du absolut sicher, Ed«

»Absolut, hier sieh selbst.«

»Entschuldige, war nur eine rhetorische Rückfrage. Wenn du es sagst, ist es natürlich o.k.«

Sven Lindström wirkte sichtlich verstört.

»Was hast du?« Eklund sah ihn verständnislos an.

Lindström schüttelte verwirrt den Kopf.

»Gar nichts, nichts. Ist schon in Ordnung. Aber wir müssen noch mal los. Bengtson sprach von einer Kette und einem Anker in seinem Schuppen. Wir sollten die auch auf Fingerabdrücke untersuchen.«

»Wenn du meinst«, sagte Eklund achselzuckend und drückte damit aus, dass Lindström auch früher hätte darauf kommen können.

Sven Lindström fing Eklunds Blick auf und beeilte sich zu sagen. »Aber morgen! Morgen ist früh genug!«

Am Nachmittag wanderten sie in lockerem Schneetreiben an der Nordküste entlang. Sven Lindström zeigte Eklund die Stelle, an der sie die Boje gesehen hatten. Sie war spurlos verschwunden.

Ed Eklund hielt sich im Beisein seines Chefs mit eigenen Spekulationen zurück, aber man sah ihm an, dass es in ihm arbeitete.

Lindström drängte ihn nicht. Vielleicht würde er in Maltes Gegenwart etwas auftauen, der Junge.

Am Samstag kratzten sie schon vor neun Uhr an Stormquists Tür.

Es dauerte eine Weile, bis Malte mit zerzaustem Haar völlig verschlafen die Tür aufstieß.

»Was, ihr!« seine Überraschung war nicht gespielt, »ich dachte, ihr wolltet erst heute kommen!«

»Wir kommen ja auch erst heute zu dir. Beschwere dich nicht!«

Malte Stormquist schwankte noch schlaftrunken und bat die beiden ins Haus.

Lindström winkte ab.

»Werde du erst mal wach! Wir kommen nachher noch mal vorbei. Erst nehmen wir uns Ulfs Schuppen vor.«

Malte Stormquist wehrte sich nicht gegen das Angebot und wankte zurück ins Haus.

Sie gingen die wenigen Schritte zu Bengtsons Schuppen. Er war unverschlossen.

Zwischen allem möglichen Gerümpel und Gartengeräten entdeckten sie die Kette mit dem Anker.

»Oh, je!« entfuhr es Eklund, »da soll ich Fingerabdrücke finden!«

Er sah Lindström fragend an. Mit einem Lappen zerrten sie die verheddert Kette vorsichtig hervor und legten sie der Länge nach aus. Kette und Anker waren leicht oxidiert, insgesamt etwa sechs Meter lang.

»Eigenartig«, meinte Ed Eklund, als der die Kette und den Anker untersuchte, »was soll der Karabinerhaken hier über dem Anker.«

Sven Lindström bückte sich.

Einige Kettenglieder über dem Anker war ein massiver Karabinerhaken eingeklinkt.

Aber mit Fingerabdrücken wird da nichts«, stellte Eklund resignierend fest, »die Oxidation ist schon zu weit fortgeschritten.«

Trotzdem fotografierte er die Kette mit dem Anker und vermaß sie nochmals genau.

Dann gingen sie zu Stormquists Haus zurück.

»Du siehst ja schon wie ein Mensch aus«, bemerkte Sven Lindström sarkastisch.

Malte Stormquist hatte sein schütteres Haar in Form gebracht und einen Freizeitanzug übergezogen.

Maltes Mädchen tobten durch das Haus und überfielen Sven Lindström, als der die Küche betrat.

»Na, Große«, begrüßte er Linnea.

»Na, Kleiner«, konterte sie keck und sah an dem 1,90 großen Kollegen ihres Vaters hoch, »und wer ist das?«

Ed Eklund war etwas schüchtern im Türrahmen stehengeblieben.

»Noch ein Kriminaler, du Naseweiß!«

»Kommt, setzt euch«, winkte Malte in Richtung Küchentisch, »der Kaffee ist gleich fertig.«

Karin erschien, noch im Morgenmantel, verschlafen in der Tür.

»Was ist denn hier für ein Unwesen im Haus, eine Horde Elche könnte nicht mehr Lärm machen«, brubbelte sie halb im Scherz, halb ernst.

»Entschuldige, Karin, aber es gibt Leute, die müssen ihren Lebensunterhalt durch Arbeit verdienen.«

»Ekel!« zischte sie zurück.

Lindström lachte. »Mit der sprichwörtlichen schwedischen Gastfreundschaft ist es hier aber nicht weit her.«

»Gegen Invasionstruppen waren die Schweden schon immer allergisch«, konterte Malte und goss den Kaffee ein.

»Also, was habt ihr inzwischen herausgefunden?« Malte Stormquist wurde ernst.

Lindström gab ihm eine kurze Zusammenfassung seines Gespräches mit Ulf Bengtson und die Ergebnisse der hiesigen Spurensicherung.

»Fällt dir was auf?«

Malte Stormquists Lippen arbeiteten nervös.

»Du meinst, die Sache mit Ulfs Fingerabdrücken über denen von Nestor?«

Lindström nickte bitter.

»Er war halt in den letzten Tagen noch mal hier.«

Lindström verzog gequält das Gesicht.

»Und das hat er mir dann trotz unseres langen Gespräches verschwiegen?«

Es entstand eine längere Pause. Man sah Malte an, wie es in ihm gärte.

»Wir sollten das vielleicht einfach mal festhalten, aber jetzt nicht allzu viel heruminterpretieren.«

Ort: Polizeipräsidium
Zeit: Einige Tage später

Malte Stormquist war gerade damit beschäftigt, den Posteingang auf seinem Schreibtisch zu sortieren, als das Telefon klingelte.

Es war der Beamte vom Haupteingang des ‚Polishuset‘.

»Hier sind zwei Deutsche, die dich sprechen wollen, die Namen sind Reichm ...«

»Ja, ja, kenne ich«, entfuhr es Stormquist entsetzt.

Das fehlte ihm gerade noch. Aber ihm fiel so schnell keine Möglichkeit ein, die beiden jetzt loszuwerden.

»In Teufels Namen, schick die Leute hoch!«

Stormquist verfluchte seinen Einfall mit der Geschwindigkeitsfalle.

Ohne anzuklopfen standen sie plötzlich, strotzend vor Selbstsicherheit, in seinem Büro.

»Was kann ich für sie tun«, fragte Stormquist mit scheinheiliger Freundlichkeit.

»Sie wollten uns bei der Suche nach dem Deutschen helfen.«

»Tut mir leid! Wir waren die letzte Zeit sehr mit einem anderen Fall beschäftigt, wir hatten leider keinen Erfolg bei der Suche nach ihrem Mann.«

Jede Ausrede war ihm Recht, um die beiden wieder loszuwerden.

»Sehr bedauerlich«, meinte Helmut Reichmann offensichtlich verärgert, »dass sie Karl Nestor für uns nicht finden konnten»

Der Einschlag einer Granate hätte bei Malte Stormquist keinen stärkeren Eindruck hinterlassen können.

»Nestor?« brüllte er, »sie suchen Karl Nestor?«

Jetzt war es an den Deutschen sprachlos zu sein.

Stormquist war von seinem Platz aufgesprungen, tanzte vor aufgestauter Erregung nervös hinter seinem Schreitisch, nur einen Moment lang. Dann hatte er sich wieder unter Kontrolle.

»Nehmen sie doch bitte draußen einen Moment Platz«, sein Ton gegenüber Reichmann und Haupt hatte sich merklich gemäßigt.

Kopfschüttelnd verließen beide den Raum, während Stormquist den Telefonhörer hochriss und Lindströms Nummer wählte.

Erregt trommelte er auf die Tischplatte, während das Freizeichen an seinen Nerven zerrte.

»Endlich, Sven! Die beiden deutschen Sicherheitspolizisten sind wieder aufgetaucht.«

Sven Lindströms Reaktion war Abweisung.

»Du weißt doch, dass ich mit der Sache nichts zu tun haben wollte.«

»Ja, doch«, reagierte Malte Stormquist gereizt, »aber du wirst deine Meinung sofort ändern, wenn du erfährst, wer dieser Mann wirklich ist, den sie suchen.«

»Na?«

»Karl Nestor.«

Außer Rauschen kam kein Laut aus dem Hörer, dann Lindströms Stimme.

»Ich komme sofort.«

Sven Lindström riss mit energischem Schwung die Tür zu Maltes Büro auf.

»Das ist ja ein Ding«, entfuhr es ihm. »Trotzdem sollten wir bei dem Gespräch jetzt versuchen, möglichst viele Punkte für uns zu machen, ohne – sagen wir mal – den Deutschen gegenüber allzu hilfreich zu sein.«

Malte nickte und musste schlucken, die Zusammenhänge erschienen ihm einfach unfassbar.

Die beiden deutschen Beamten hatten ihre frühere Arroganz abgelegt, als sie wieder den Raum betraten.

»Sie müssen meine Erregung verstehen«, erklärte sich Malte Stormquist, »wir suchen nämlich den gleichen Mann in einem anderen Zusammenhang.«

»Drogen?«

»Gewissermaßen«, Stormquist nickte.

Sven Lindström saß etwas abseits und spielte die Rolle des Beobachters.

»Das ändert aber nichts an meiner frühren Feststellung«, fügte Stormquist hinzu, »wir haben ihn nicht gefunden. Unter Umständen hat er das Land auch wieder verlassen.«

»Davon gehen wir nicht aus! Wir haben zuverlässige Informationen von einer argentinischen rechten Gruppierung, dass er noch hier in Stockholm ist.«

»Sagten sie ‚rechten Gruppe‘?«

Sven Lindström war mit dem Stuhl herangerückt.

»Ja, ganz richtig. Wir haben jetzt ein etwas vollständigeres Bild von diesem Mann.«

Reichmann übernahm wieder die Gesprächsführung.

»Sie sollten wissen, wen sie hier als Gast beherbergen, glaube ich.«

Reichmann griff in seine Aktentasche und zog einen Stapel loser Papiere heraus.

»Karl Nestor oder ‚Kurt‘, wie er sich auch nennt, ist der Sohn eines im Dritten Reich führenden Seeoffiziers. Der Vater floh kurz nach der Invasion der Alliierten mit einer Reihe von Gleichgesinnten anlässlich eines Flottenbesuches in Südamerika nach Argentinien. Nestor, der Vater also, war Chef einer Sabotageeinheit, die nordamerikanische Häfen mit Hilfe von Mini U-Booten verminen sollte.

Na, ja. Das Kriegsende kam ihm dann zuvor. Deutsche Nazis, besonders aber Offiziere, wurden in Südamerika damals mit offenen Armen aufgenommen. Karl Nestor, unser Mann, wurde in Argentinien geboren und fiel als Frucht seines Vaters nicht weit vom Stamm.«

»Kaffee?«

Stormquist unterbrach den Redestrom.

»Nein, Danke! Nestor studierte dann an der Technischen Universität in Berlin, West, versteht sich, und da ihn dort in den 70er Jahren keiner kannte und die allgemeine Atmosphäre eher links war, fiel auch nicht auf, als er sich zunehmend in marxistischen Gruppen betätigte, häufig Reisen in die DDR unternahm und sich auf politischen Veranstaltungen durch besondere Linientreue auszeichnete. Darauf muss auch der Staatssicherheitsdienst der DDR hereingefallen sein.«

»Staatssicherheitsdienst? Das ist das Gegenstück zu ihrem Verfassungsschutz, oder?«

Reichmanns Gesicht lief puterrot an.

»Also, ich muss doch sehr bitten«, entrüstete er sich.

Lindström und Stormquist sahen sich an und zuckten verständnislos die Achseln.

»Vielleicht doch einen Kaffee?«

Die beiden Deutschen schüttelten verbissen den Kopf.

Reichmann schluckte ein paar Mal und fuhr fort.

»Auf jeden Fall spannte die STASI den Nestor für kleinere Aufgaben ein, Beobachtung der studentischen Szene und solche Dinge. Das wiederum fiel unsren Leuten auf, die zum damaligen Zeitpunkt von seinem eigentlichen politischen Hintergrund nichts wussten.«

Reichmann legte eine Pause ein.

»Vielleicht nehmen wir jetzt doch einen Kaffee«, dabei sah er Haupt fragend an, welcher zögernd nickte.

Während Malte Stormquist die Kaffeemaschine füllte, schaltete sich Sven Lindström ein.

»Wissen sie denn, in wessen Auftrag er gerade jetzt arbeitet, der Nestor?«

»Gerade das versuchen wir ja hier herauszufinden. Was wir mit einiger Sicherheit wissen, ist, dass er hier Waffen gekauft hat, Gewehre, Handfeuerwaffen.«

Lindström konnte sich nicht verkneifen, leise durch die Zähne zu pfeifen.

»Offensichtlich mit Legitimationspapieren der argentinischen Regierung«, setzte Reichmann hinzu.

»Die Waffenausfuhr nach Argentinien fällt ja auch nicht unter das schwedische Embargo«, warf Malte ein.

»Das ist so ziemlich alles, was wir über den Mann wissen.«

Sven Lindström musste die Flut der Informationen erst einmal verdauen und stierte nachdenklich vor sich auf den Fußboden.

Maltes Blick ging zu Lindström, und dabei zog er fragend die Schultern hoch.

Sven Lindströms Augenbrauen hoben sich für einen Moment, dann nickte er.

»Also, zugegeben«, meine Stormquist zu den beiden deutschen Polizisten, »davon wussten wir bisher nichts, das ist auch nicht unser Resort. Wir sind durch einen anderen Informanten auf Karl Nestor aufmerksam geworden. Nestor hat hier größere Mengen Heroin umgesetzt, wobei uns die Wege, auf denen der Stoff ins Land gekommen ist, noch nicht klar sind. Auf jeden Fall läuft wegen dieses Verdachtes eine Fahndung nach ihm, bisher leider ergebnislos.«

Malte Stormquist nahm einen großen Schluck aus seiner Tasse und wandte sich an Lindström.

»Willst du dazu noch etwa sagen?«

Sven Lindström dachte einen Moment nach.

»Glauben Sie, dass Nestor irgendwelche Kontaktleute

hier in Schweden hat?«

Haupt und Reichman sahen sich an. Gert Haupt machte eine abwehrende Handbewegung.

»Ich will sie nicht gerade belügen. Es gab vor dem Krieg nach unseren Erkenntnissen eine Gruppe schwedischer Techniker und Ingenieure, die mehr oder weniger offiziell für die deutsche Marine gearbeitet hat, darunter Freunde von Nestors Vater. Möglicherweise gibt es da noch Kontakte, aber ...«, Reichmann verzog den Mund, »dazu können und dürfen wir ihnen nichts sagen, das müssen sie verstehen. Möglicherweise stoßen sie über kurz oder lang selbst auf diese Leute.«

Sven Lindström war tief in Gedanken versunken, während Malte Stormquist nervös auf seinem Stuhl kippelte.

»Na, ja«, meinte er, nachdem ihm das Gespräch weniger ergiebig zu werden schien, »wir können jetzt auch nicht viel für sie tun. Sollten wir Nestor finden, wird mit Sicherheit ein Verfahren gegen ihn eingeleitet. Sollten sie ihn aufstöbern, wären wir ihnen dankbar, wenn sie unsere Arbeit nicht unterlaufen würden.«

Lindström horchte auf bei Stormquists Worten und wunderte sich über dessen gereizten Unterton.

»Keine Sorge«, beschwichtigte jetzt Gert Haupt, »unsere Frist hier ist eh abgelaufen. Wir müssen in den nächsten Tagen zurück nach Berlin.«

Malte Stormquist atmete erleichtert auf. Ihm waren die beiden Deutschen aufgrund ihres politischen Auftrages weiterhin unheimlich, er fühlte sich dieser Situation nicht recht gewachsen. Er verwünschte in diesem Augenblick seinen Geschichtslehrer, der ihm kein Wort von all diesen Zusammenhängen erzählt hatte.

Sven Lindström schien da ganz anderer Meinung zu sein. Ihn hatten die verschachtelten Schilderungen der Sicherheitspolizisten sichtlich angeregt, und er ließ sich nicht nehmen, sie fast freundschaftlich nach draußen zu begleiten.

Malte hing erschöpft, die Arme schlaff herabhängen lassend, in seinem Drehstuhl als Lindström zurück ins Büro kam.

»Siehst du – was ich immer sage – man muss die Dinge in einem größeren Zusammenhang sehen, sonst kratzt man immer nur an der Oberfläche und wundert sich, wenn es dem Gegner immer wieder gelingt, seinen Kopf aus der Schlinge zu ziehen.«

»Und du wirst ihn bald drin haben, deinen Kopf, wenn du nicht deinen eigenen Leitsprüchen folgst, nämlich nicht in ...«

»... in fremden Revieren zu jagen, ich weiß, ich weiß.«

Bevor Sven Lindström das Büro verließ, fragte ihn Malte.

»Findest du nicht, dass die Anhäufung von Zufällen etwas unheimlich ist?«

Sven Lindström wandte sich noch einmal um.

»Ganz recht! Es gibt ein Sprichwort. Häufen sich die Zufälle, so sind es keine mehr!«

»Von wem stammt der Satz?«

»Von mir!«

»Hätte ich mir denken können«.

Ort: Stockholm
Zeit: Einige Tage später

In den nächsten Tagen war Sven Lindström mit organisatorischen Arbeiten beschäftigt, während Malte Stormquist das vorhandene Material über Karl Nestor in eine lesbare Form brachte.

Als sein Telefon schrillte, war es früher Nachmittag. Stormquist war auf dem Sprung zur Kantine und griff genervt zum Hörer.

Zwei Minuten später hatte er den Lunch vergessen und stürzte zu Lindström ins Büro.

»Ein Sicherheitsbeamter vom Flugplatz Bromma rief gerade an. Er ist sicher, einen Mann auf dem Weg zu einem der privaten Flugclubs gesehen zu haben, auf den Nestors Beschreibung zutrifft. Willst du die Sache übernehmen?«

Sven Lindströms Augen strahlten.

»Endlich geschieht mal was. Ich fahre nach Bromma raus, du rufst diesen Flugclub an und versuchst näheres zu erfahren. Ruf mich im Auto an!«

Malte wunderte sich, wie behände Sven seine knapp zwei Zentner aus dem Schreibtischsessel liftete, seinen Mantel griff und zum Fahrstuhl hastete.

Der Wagen fuhr mit Blaulicht östlich aus der Stadt in Richtung des zweitgrößten Flugplatzes der Stadt.

Bromma war nach dem Bau des Großflughafens Arlanda für den Inlandverkehr reserviert worden und für den privaten Charter- und Clubbetrieb. Lindström erinnerte sich, vor etwa fünf Jahren anlässlich eines Flugtages in Bromma gewesen zu sein.

Während der Einsatzwagen mit hoher Geschwindigkeit die Ausfallstraße entlangraste, meldete sich Stormquist über Funk.

»Nestor – wenn er es wirklich war – hat beim ‚Stockholm Flygklub' angefragt, ob ihn jemand nach Malmö fliegen könnte. Das haben die sich dort nicht zweimal fragen lassen. Aber ich glaube, er ist uns so gut wie entwischt. Die einmotorige Piper ist vor drei Minuten gestartet. Soll ich dem Tower dort einen Tipp geben, um den Piloten zurückzupfeifen?«

Sven Lindström hatte diese Situation schon vorausgedacht und nahm das Mikrofon, während das Polizeifahrzeug in die Zufahrt des Flughafens einbog.

»Tu das nicht! Der Pilot ist da in einer ziemlich isolierten Lage. Ich gehe davon aus, dass er kurz vor Malmö den Piloten zwingen wird, weiterzufliegen, nach Dänemark oder nach Westdeutschland. Bleib am Funk. Vielleicht brauche ich dich noch!«

Der Fahrer hatte das Gespräch mitgehört und zeigte auf einen der blau-gelb gestrichenen Hangars.

»Okay! Fahr rein!«

Der Wagen hielt neben einem Bürocontainer, vor dem eine handvoll Männer und zwei Frauen standen und in die Verlängerung der Startbahn blickten.

»Tut mir leid«, wurde Sven Lindström von einem Mittvierziger mit Sonnenbrille angesprochen, »wir hatten keine Ahnung, was wir uns da eingehandelt haben. Der Mann wirkte seriös und hat den Flug im Voraus bezahlt. Er sprach von dringenden Geschäften und einer verpassten Maschine nach Malmö. Das wirkte glaubhaft. Ist der Mann bewaffnet? Wir machen uns Sorgen um Lars, der die Maschine fliegt.«

»Ich habe keine Ahnung, ob er bewaffnet ist, aber kann es aufgrund der Umstände auch nicht auszuschließen.«

»Willst du, dass wir ihm hinterherfliegen?«

Lindström hatte nicht gewagt, diese Möglichkeit in seine

Überlegungen mit einzubeziehen.

»Schafft ihr das, mit Vorbereitungen und so?«

»Frage nicht! Komm schnell mit!«

Und Kerstin Dal, eine der Pilotinnen fasste den Kommissar an den Schultern und schob ihn Richtung Flugfeld.

»Hört auf der Clubfrequenz mit, da sind wir ungestört!« rief sie den anderen noch zu und lief vor dem behäbigen Lindström auf eine zweimotorige, sechssitzige Maschine zu, die fünfzig Schritte entfernt auf dem schneefeuchten Rollfeld stand.

Trotz der Aussicht Karl Nestor möglicherweise einen Schritt näher zu kommen, erfasste Lindström ein Vorgefühl leichter Panik. Er hatte noch nie in einer solch kleinen Maschine gesessen und vermied Flugreisen wo er nur konnte.

»Andere Seite!« rief ihm Kerstin Dal zu, als er instinktiv auf die linke Kabinentür zusteuerte.

Er umrundete den leichten Vogel und stieg mühsam auf die rechte Tragfläche und ließ sich von innen die Tür öffnen.

Das Cockpit der Zweimot war enger als das seines Dienstwagens, aber beim ersten Blick auf das mit Instrumenten vollgepropfte Instrumentenbrett entdeckte er nichts, was ihm irgendwie bekannt vorkam.

Es glich seiner Erinnerung nach weitgehend dem, was er auf einem Flugtag in einem Airliner gesehen hatte.

»... und die Pedale da unten sind keine Fußstützen!« hörte er wie von weit her.

Er fühlte sich der Technik und der Frau neben ihm völlig ausgeliefert.

Mit routinierten Griffen startete sie nacheinander die beiden Motoren. Aus dem Lautsprecher tönten für ihn nur halb verständliche Sprachfetzen, die in einen kurzen Dialog mit der Pilotin einmündeten.

Dann legte sie ihre Hand auf die Leistungshebel, und Lindströms Magen krampfte sich zusammen als die Maschine anruckte. Er erinnerte sich, dieses Gefühl zum letzten Mal beim Zahnarzt erlebt zu haben, das gleiche Ausgeliefertsein, die gleiche Erstarrung des Körpers.

Sven Lindströms Pupillen weiteten sich, als das anscheinend endlose Band der Betonpiste unter der Maschine abrollte und die Maschine dann mit einem leichten Ruck die Erde verließ.

Die weitläufigen Flughafengebäude sackten unwirklich verkleinert in die Tiefe, und Lindström gelang es zum ersten Mal regelmäßig durchzuatmen.

»Alles in Ordnung?«

Kerstin Dal wandte sich lächelnd ihm zu.

»Du fliegst wohl nicht so oft.«

In ihrer Stimme lag keine Ironie. Lindström schluckte und schüttelte noch etwas starr den massigen Kopf.

»Die Maschine mit Lars und deinem Mann, wie hieß er noch ...?«

»Nestor, Karl Nestor.«

»... hat gut zehn Minuten Vorsprung. Das sind rund 30 Kilometer. Aber, erstens sind wir etwas schneller, und zweitens werden wir versuchen, uns durch etwas List mit unserem Piloten zu verständigen, ohne dass Nestor Verdacht schöpft.«

»Kann er denn den Funkverkehr mithören.«

»Ja, leider läuft das ganze Palaver wie hier auch über Lautsprecher. Das konnte man ja vorher nicht wissen.«

»Damit du weißt, was vor sich geht. Ich spreche jetzt Lars, den Piloten an, in der Hoffnung, dass er so aufgeweckt ist, sich gegenüber seinem Passagier nicht zu verplappern.«

Sie hatte das Mikrofon in der einen, das Steuerhorn in der

anderen Hand. Lindström schwindelte, als sich das Flugzeug in einer Böe kurzzeitig schräg legte.

»Sierra, Echo, Alpha, Bravo, Tango! Schalten Sie auf 120.35!«

Die Reaktion flöste Sven Lindström Hoffnung ein. Die Stimme wirkte gelassen und routiniert.

»Gehe auf 120.35, Bravo, Tango.«

Kerstin sah den Kommissar, dessen Augenbrauen sich konzentrierend zusammengezogen hatten, triumphierend an.

»Bravo, Tango, das ist keine Tanzstunde, das ist sein Rufzeichen. Übrigens, ich heiße Kerstin.«

»Sven«, zu einer längeren Antwort reichte es bei ihm noch nicht.

Immer noch musste er gegen die Gefühle von Angst und Übelkeit ankämpfen, und Schweißperlen standen ihm schimmernd auf der Stirn.

Kerstin Dal stellte die neue Frequenz am Funkgerät ein.

»Hier ist Bravo, Tango. Was gibt's?« kam die ruhige Stimme von Lars aus dem Lautsprecher.

»Hier ist Bromma Tower, Kilo Delta«, Kerstin Dal grinste den Kommissar an.

Der durchschaute den Trick.

»Schalten sie Transponder Code 7700!«

Es dauerte eine Weile, bis Lars sich wieder meldete.

»Sind sie sicher mit Code 7700?«

»7700 ist korrekt«, antwortete Kerstin etwas verbissen, ließ die Sprechtaste los und fügte an sich selbst gewandt hinzu. »Nun kapier' schon!«

Sven Lindström wagte zum ersten Mal etwas zu fragen. »Ein Geheimzeichen?«

»Ja. Der Transponder ist eigentlich dazu da, dem Radarlotsen zu zeigen, welcher Vogel denn nun zu dem kleinen

Pünktchen auf seinem Radarschirm gehört. Damit er nicht durch andere Maschinen irritiert wird, schaltet der Pilot einen bestimmten Zifferncode. Die 7700 aber löst bei dem Radarlotsen einen Alarm aus, um z.B. eine Flugzeugentführung zu signalisieren. Lars weiß jetzt auf jeden Fall, dass sich der ‚Notfall‘ auf seinen Passagier bezieht, ansonsten hätte man offen mit ihm geredet.«

»Hoffentlich ist Nestor nicht selbst Flieger und durchschaut den Trick.«

»Das hoffe ich auch!«

Es dauerte einige Minuten, bis Lars sich erneut meldete.

»Bravo, Tango, Transponder 7700. Kurs 240, Flugfläche 75, Geschwindigkeit 80 Knoten.«

»Er hat's geschnallt«, jubelte Kerstin plötzlich, wie Lindström fand, ganz unpassend.

Sven Lindström fühlte ihre rechte Hand, die ihm auf die Schultern klopfte. Dabei strahlte sie ihn offen an.

»Er hat seine Geschwindigkeit auf ein Minimum reduziert. Er weiß, dass wir hinter ihm sind.«

»Glaubst du, Nestor hat etwas gemerkt?«

»Mit Sicherheit nicht. Ein Pilot hätte das sofort durchschaut. Der glaubt an das übliche Gequatsche mit der Bodenstelle.«

Kerstins Jagdfieber musste entbrannt sein. Sie griff fast gierig zum Mikrofon und rasselte ihren Funkspruch herunter.

»Bravo Tango, halten sie Höhe, Kurs und Geschwindigkeit. Melden sie Verkehr in der 6-Uhr Position!«

Lindström Gesicht hellte sich auf. Das mit der ‚6-Uhr Position‘ kannte er von der Marine. Das bedeutete ein Zielobjekt direkt von hinten.

»Hoffentlich hat er einen Rückspiegel«, meinte Lindström, der jetzt auftaute.

»Den hat er«, sagte Kerstin Dal gutgelaunt, »die kleine Piper dient auch zum Selgelflugschlepp. Und da muss man ja auch sehen, was hinter einem vorgeht.«

Sven Lindström gelang es zunehmend sich aus seiner Paralyse zu befreien und Gedanken um seinen Auftrag zu machen. Sie mussten auf jeden Fall vermeiden, dass die Maschine das Land verließ. Was aber, wenn Nestor kurz vor Malmö den Piloten zwang, weiter zu fliegen, technisch war das ja sicher kein Problem. Ihm war klar, dass in der kleinen Maschine kein Platz für handgreifliche Auseinandersetzungen war. Letztlich blieb Nestor als Druckmittel nur ein Waffe und dem Piloten lediglich eine List, um die Situation zugunsten des einen oder anderen zu klären.

Lars hatte als Pilot einen kleinen intellektuellen Vorteil. Er wusste, dass mit seinem Fluggast etwas nicht in Ordnung war und dass Kerstin ihm folgte. Karl Nestor dagegen war offensichtlich noch ahnungslos.

Nachdem er sich diese Zusammenhänge verdeutlicht hatte, teilte er Kerstin seine Überlegungen mit.

»Lass mich nachdenken«, meinte sie, während sie das Flugzeug sicher durch den dunstigen Winterhimmel lenkte.

Ihre anfängliche sprudelnde Begeisterung war ernster Besorgnis gewichen.

»Ich will dir nichts vormachen. Aber ich sehe nicht, wie wir seine Maschine zu einer regulären Landung auf schwedischem Boden bringen können, ohne dass Nestor sofort Verdacht schöpft.«

Sie schwieg

»Ich sehe nur eine Möglichkeit«, sie zögerte noch, »wir müssen einen Unfall simulieren!«

Lindströms Körper zuckte in einem Krampf zusammen, und Ströme übelriechenden Schweißes überschwemmten seine Haut. Die Hände suchten nach einem Halt.

»Nein, um Gottes Willen, nicht so was!«

Kerstin warf einen missbilligenden Blick auf das massige Bündel Angst neben ihr.

»Ich habe gesagt ‚simulieren‘. Ich bin ja auch nicht lebensmüde.«

Ihre Stimme hatte an Bestimmtheit und Schärfe gewonnen.

»Sag ‚Ja‘, und ich versuche die Sache durchzuziehen.«

Lindström hatte sich einer Ohnmacht noch nie so nahe gefühlt. Er verfluchte Karl Nestor, seinen eigenen Entschluss, zum Flugplatz zu fahren, ja schließlich seinen Beruf, der ihn in solche Situationen brachte.

Und mitten in dieser Aufwallung übelerregender Gefühle sagte er schließlich ‚Ja‘.

»Na gut!«

Die Entschlossenheit in Kerstins Stimme war hundertprozentig.

»Ich schalte dir jetzt die Clubfrequenz, da kannst du mit deinem Kollegen reden. Wir sind in zwanzig Minuten über dem Flugplatz von Trollhättan, die haben alles, Feuerwehr, Polizei, was du willst. Geh mal davon aus, dass wir dort in zwanzig Minuten runter gehen.«

Sie drehte an den Knöpfen des Funkgerätes und drückte Lindström das Mikrofon in die Hand.

Als er für eine Sekunde aus dem Fenster nach unten blickte, dehnte sich zweieinhalb tausend Meter tiefer die riesige, vom Wind leicht geriffelte Fläche des Vänern-Sees, und er dachte mit unverminderter Panik an Kerstins Plan.

Lindström musste seine Lippen anfeuchten, um die Worte zu formen, die er dem Kollegen am Boden übermitteln wollte.

»Fertig?«

Kerstin Dal nahm ihm das Mikrofon aus der Hand und deutete gegen die milchige Sonne in Flugrichtung.

Von Zeit zu Zeit sah er es unbestimmt metallisch aufblitzen, und zunehmend schälten sich die Konturen eines spielzeuggroßen Tiefdeckers heraus und zeichneten sich matt gegen den kaum markierten Horizont ab.

»Sind sie das?« Die Frage Lindströms war überflüssig, und Kerstin antwortete auch nur mit einem schwachen Nicken.

Sie setzte einen letzten Funkspruch an die ruhig vorausfliegende Maschine ab.

»Bravo, Tango. Melden Sie Flugplätze auf ihrer Route!«

»Äh! Ist Trollhättan richtig?«

»Trollhättan ist okay! Bravo, Tango. Achten Sie auf kreuzenden Verkehr!«

»Bravo, Tango. Verstanden!« war das letzte, das von der kleinen Piper etwa eine Meile voraus gemeldet wurde.

»Bist du fest angeschnallt?«

Kerstin hatte mit festem Griff seinen Gurt gegriffen und zog ihn so fest, dass Sven Lindström kurzzeitig der Atem stockte.

Er verfiel in einen Zustand völliger Lethargie und Ergebenheit und erinnerte sich dabei an das überraschend ruhige und teilnahmslose Auftreten von zum Tode Verurteilten.

Kerstin Dal wirkte geschäftsmäßig und schob mit ruhiger Hand die Gashebel für beide Motoren in Maximalstellung.

Lindströms Magen sackte nach unten, als die Maschine mit fünf Metern in der Sekunde zu steigen begann.

Der Abstand zur Piper verkürzte sich auf eine halbe Meile. Das Dröhnen der Motoren machte jede weitere Verständigung unmöglich.

Sven Lindström fixierte seinen Blick auf den einzig möglichen Anhaltspunkt, die kleine Maschine mit Nestor und dem Piloten Lars, und er sah mit Verwunderung, wie die Piper zweimal deutlich mit den Tragflächen wackelte.

In Erwartung des Unvermeidlichen stemmten sich Lindströms Füße gegen etwas Festes, Metallisches.

»Zieh die Flossen ein!« brüllte ihn Kerstin an und riss dann mit einem Ruck die Gashebel in Nullstellung.

Das Motorengeräusch erstarb abrupt.

Lindströms erstarrter Blick richtete sich für eine Sekunde auf die Pilotin.

Im gleichen Moment schnellten seine Eingeweide nach oben, und das Blut, dass ihm in den Kopf schoss, ließ seine Augen hervorquellen.

Der Horizont verschwand über dem oberen Rand der Scheibe, die Maschine stürzte in schrägem Winkel auf den silbrigen Miniaturflieger zu, dessen Silhouette, stetig wachsend, auf sie zuschoss.

Lindström versuchte auf seine Füße zu schauen, weg vom Fensterausschnitt, aber der in Bruchteilen einer Sekunde anwachsende Umriss der Einmotorigen bannte seinen von Todesangst erstarrten Blick.

Dann glaubte er in der Kabine, die verzerrt an ihnen vorbei nach oben fegte, zwei Menschen erkannt zu haben.

Lindströms einhundertneunzig Pfund Körper wurde zu einer breiigen Masse zusammengequetscht, als Kerstin mit einer engen Steilkurve den Sturz beendete. Er hatte jede Orientierung im Raum verloren, und ihre ruhige Stimme schien aus weiter Ferne an sein betäubtes Ohr zu dringen.

»Lars ist ein Ass, schau mal!«

Sven Lindström versuchte Kerstins ausgestrecktem Finger zu folgen. Die kleine Piper torkelte wie ein welkes Blatt senkrecht auf die Erde zu.

»Oh! Mein Gott!« stöhnte Lindström auf.

»Keine Angst! Ist nur Show. Aber er macht es perfekt.«

In der Verlängerung des abtrudelnden Flugzeuges sah Lindström das langgestreckte Betonband eines Flugplatzes.

»Wenn alles gut geht, kannst du deinen Nestor morgen mit nach Hause nehmen – im Auto, falls Fliegen zu gefährlich für dich ist.«

Und sie lachte ihn voll an.

Sven Lindström schwor sich in dieser Sekunde, nie mehr im Leben ein Flugzeug zu besteigen, oder?

»Sag mal Kerstin, was kostet es eigentlich, so einen Flugschein zu machen?«

Ort: Polizeistation Trollhättan
Zeit: Am gleichen Tag

Sven Lindström und Karl Nestor saßen sich schweigend gegenüber, beide leichenblass.

Nestor presste die Knie gegeneinander, die Hände darauf verkrampft.

»Wie heißen sie?«

Schweigen.

Sven Lindström legte den argentinischen Pass vor ihn auf die Tischplatte.

»Ist das ihr Pass?«

Karl Nestor blickte kurz auf und nickte.

»Und das hier?«

Sven Lindström schob den grünen Pass mit dem Bundesadler daneben.

Nestor nickte kaum merklich.

Sven Lindström nahm den deutschen Pass auf und blätterte darin.

»Sie sind zwölfmal in die DDR ein- und wieder ausgereist.«

»Nicht DDR, Ost-Berlin«, brach Karl Nestor das Schweigen.

»Wo ist da der Unterschied?« und nach einer Weile, »ist ja auch egal.«

Sven Lindström sah Nestor an, der den Kopf wieder gesenkt hatte. Er nahm den argentinischen Pass auf und klappte ihn auf.

»Sie sind nie von Argentinien direkt nach Deutschland geflogen.«

Karl Nestor sah kurz auf.

»... sondern haben auf Teneriffa Station gemacht. Was wollten Sie dort?«

Es erfolgte keine Reaktion.

Sven Lindström riss der Geduldsfaden, richtete sich halb auf, beugte sich leicht vor und knallte den Pass auf den Tisch.

Karl Nestor wich ruckartig zurück, die Augen aufgerissen.

Sven Lindström erschrak ob dieser kindlichen Reaktion und wich einen Schritt zurück.

Nach einer Weile, nachdem er sich wieder gesetzt hatte,

»Wollen Sie einen Anwalt sprechen, sie werden es nötig haben.«

Karl Nestor schüttelte trotzig den Kopf.

»Ich habe einen Haftbefehl gegen sie«, es kam fast entschuldigend, »und werde sie noch Stockholm bringen. Dann sehen wir weiter.«

Er nahm die Pässe und überlies Nestor den vor der Tür wartenden Beamten.

Ort: Stockholm
Zeit: Am folgenden Tag

»Was hältst du davon, Malte?«
Sven Lindström hielt Malte Stormquist den argentinischen Pass hin.
»Sieht nicht nach Urlaubsreise aus, eher nach Geschäften, aber welche?«
»Waffen, Rauschgift, davon versteht er offenbar einiges.«
»Lass uns mal mit Eklund reden«, meinte Malte Stormquist, »der macht da auf den Kanaren seit Jahren Urlaub. Vielleicht kennt der dort die Szene etwas genauer.«
Ed Eklund war offensichtlich froh, dass sein Sachverstand gebraucht wurde.
»Einmal haben die Kanaren traditionell gute Beziehungen zu Südamerika. Hunderte von Familien haben aufgrund von Auswanderung persönliche Kontakte dorthin. Außerdem, das wissen viele nicht, ist Kolumbus nicht ohne Grund von Teneriffa aus zu seinem Amerikatrip gestartet.«
»Bitte keine Geschichtsvorlesung«, flehte Stormquist.
»Also, gut! Dann zur Gegenwart. Die Kanarischen Inseln sind Freihandelszone, kein Zoll, geringe Steuern, ideal zum Ankauf von Waren, die man dann auf dem Seeweg weiterverschieben kann. Und was mir noch aufgefallen ist. Die Inseln sind ein Tummelplatz für alte Nazis aus ganz Europa, alles Leute im Rentenalter, die da unten ihre Gelder günstig in Grundstücke und Häuser angelegt haben. Du brauchst dir nur mal die Zeitungsständer anzuschauen. ‚Deutsche Nationalzeitung‘ und ähnliche rechten Blätter liegen immer ganz oben in den Auslagen. Auf dem Festland würde kaum einer heute noch wagen, diese Gazetten offen auszulegen.«

»Offensichtlich ein günstiger Platz für internationale Kontakte dieser Leute. Und die spanischen Behörden?«

»Lassen sie in Ruhe. Immerhin bringen die eine Menge Geld ins Land und schaffen Arbeitsplätze. Durch den EG-Beitritt Spaniens ist es jetzt noch leichter geworden, sich dort festzusetzen.«

»Du bist ja gut informiert«, musste Stormquist zugeben. Eklund grinste zufrieden.

»Wir sollten mal Ulf fragen«, meinte Malte Stormquist mehr beiläufig, »er erzählte mal, dass er direkt vor dem Krieg auf einer deutschen Werft gearbeitet hat und auch eine Menge hoher Offiziere kennenlernte.«

Sven Lindströms Gesichtszüge verdüsterten sich, und er sagte nach einer Weile. »Ich habe auch den Eindruck, dass wir mal ernsthaft mit ihm sprechen müssen.«

Malte fiel der drohende Unterton in Svens Stimme auf, ging aber nicht weiter darauf ein.

»Vorher möchte ich jedoch eine kleine Seereise starten«, setzte Sven Lindström hinzu.

»Auf Staatskosten?«

Malte Stormquist zog die Augenbrauen hoch.

»Auf Staatskosten, ganz recht!«

»Ich glaube, du verschweigst mir etwas.«

Alles nur zu deinem Besten, Malte. Wenn's schiefgeht, weißt du von nichts.«

»Sven, Sven! Es wird böse enden mit dir«, Stormquist schüttelte den Kopf.

»Aber genussvoll«, ergänzte Sven Lindström.

Am Nachmittag rief er Stig Lund, den Kapitän der Finlandia, an und verabredete sich für den folgenden Freitag am Pier der Finnland-Fähre.

Ort: An Bord der Finlandia
Zeit: Am folgenden Freitag

»Ich weiß zwar nicht, was du dir von dieser Fahrt er-
hoffst, Kommissar, aber trotzdem herzlich willkommen an
Bord. Die Mannschaft ist informiert, du kannst dich also
frei auf dem Schiff bewegen«, empfing ihn Stig Lund am
Informationsschalter des Schiffsgiganten.

»Wir legen pünktlich um neun ab. Für dich haben wir
eine Kabine auf Deck 8 reserviert. Du kannst ja beim Ab-
legen auf die Brücke kommen.«

Lindström bedankte sich und trug seine leichte Reisetasche an Duty-Free Läden und diversen Bars vorbei zu
seiner Kabine im Vorschiff.

Kurz vor neun suchte er sich über das Sonnendeck einen
Weg zu der für Passagiere gesperrten Brücke. Er konnte
sich eines leichten Herzklopfens nicht erwehren, als der das
‚Allerheiligste' des 25.000 Tonnen Schiffes betrat.

Der Blick auf das Vorschiff und die Landungsbrücken
war faszinierend. Rund zwanzig Meter über der Wasserlinie
stehend sah er Teile der Stadt wie von einem Aussichts-
turm, und Lindström gestand sich ein, dass er sich trotz
aller dienstlichen Hintergründe mit dieser Fahrt einen Ju-
gendtraum erfüllte.

Die wenigen Besatzungsmitglieder auf der Brücke nahmen nur beiläufig von ihm Notiz und wickelten routiniert
die Manöver zum Auslaufen des Schiffes ab.

Fast unmerklich ging ein von Grollen begleitetes Zittern
durch den Rumpf des Bootes, und die Fassaden der Ufer-
gebäude schoben sich langsam wie Kulissenwände an den
großen Panoramascheiben vorbei.

Der Tag begann klar und leuchtend. Die nur leicht ge-
trübte Wintersonne warf ein fast schattenloses Licht auf

das zurückweichende Land und die hunderte von felsigen Eilanden, die an der Fähre vorbeiglitten.

»Wenn du etwas wissen willst, frage nur. Wenn wir können, antworten wir darauf«, sprach ihn der erste Offizier an. »Weißt du, für uns ist das hier alles Alltagsroutine, ohne besondere Spannung, aber für dich ...«

»Mich interessiert besonders, was sich unter eurem Schiff abspielt. Zumindest das, was ihr davon sehen könnt.«

»Da bist du in guter Gesellschaft«, lachte der Offizier.

»Hat die U-Boot Hysterie jetzt auch die Polizei erfasst?«

»Nur Neugierde wäre sicher ein zu schwaches Motiv. Wir haben Probleme mit dem Schmuggel von Drogen.«

Sven Lindström sah sich genötigt, zumindest ansatzweise den Grund seiner Anwesenheit aufzuklären.

»Du meinst, dass auf unserem Schiff ...«

»Nein, nein! Versteh mich nicht falsch! So weit möchte ich nicht gehen. Aber die Fährstrecke könnte der Transportweg sein, nur wie, das möchte ich gerne herausfinden.«

Der Seeoffizier schwieg eine Weile.

»Was sich unter dem Schiff tut, wenn dich das interessiert, ist hier auf dem Echografen zu sehen.«

Sven Lindström nickte, das Echolot war ihm aus seiner Militärzeit vertraut.

»Das Sonar tastet den Meeresboden ab und bildet ihn als Profil hier auf dem Monitor ab. Wenn ich will, kann ich das Bild auch ausdrucken lassen«, ergänzte Stig Lund, der unbemerkt hinzugetreten war.

»Ihr druckt also nicht ständig das Echogramm aus?« hakte Lindström nach.

»Nein, wozu? Wir fahren die Strecke seit Jahren, da ändert sich nicht viel. Es sei denn, wie etwa bei dem Ereignis neulich, dass wir mit einem Objekt unter dem Rumpf rechnen müssen und das aufzeichnen wollen.«

Er ging zu einem Aktenschrank und zeigte Lindström den Bildausdruck.

»Hier, der kurze Strich über dem unregelmäßigen Bodenprofil, das war der Gegenstand.«

Lund klappte den Ordner wieder zu und stellte das Dokument in den Schrank zurück.

»Ja, und anschließend hatten wir rund 45 Minuten eine deutliche Fahrtverzögerung, trotz voll leistender Maschinen. So abrupt wie sie begann, endete sie auch wieder, genau hier.«

Und er zeigte auf der Seekarte auf einen Punkt, genau nördlich der Insel Vårholma.

»Die Begegnung war demnach noch auf offener See und zog sich den ganzen Weg bis in die Schären hin.«

»Genau«, bestätigte Stig Lund, und sein 1. Offizier nickte und ergänzte. »Wir dachten zuerst an eine Blockierung der Stabilisatoren, das erwies sich aber als falsch. Wir haben später durch Taucher das untersuchen lassen, da war alles in Ordnung.«

Sven Lindström versuchte die Aussagen der Schiffsbesatzung zu verarbeiten und fragte nach einer Weile.

»Könnt ihr euch erinnern, ob andere Schiffe in der Gegend waren, als ihr mit dem Objekt zusammentraft, andere Schiffe außer dem Trawler?«

Der Kapitän sah den 1. Offizier fragend an.

»Ich wurde erst auf die Brücke gerufen, als der Trawler uns anfunkte. Hattest du vorher etwas gesehen, Jan?«

Der 1. Offizier überlegte eine Weile.

»Na, hier ist immer ziemlicher Verkehr, nein ... oder doch?«

Er zögerte, sah nachdenkend an die Kabinendecke und wandte sich dann abrupt Sven Lindström zu.

»Ich erinnere mich an einen Frachter, und auch nur deshalb, weil der offensichtlich antriebslos stillag. Etwas ungewöhnlich mitten auf See. Da er aber keine Notzeichen gesetzt hatte, kümmerten wir uns auch nicht weiter um ihn.«

Sven Lindström war jetzt aufmerksam geworden.

»Kannst du dich an die Nationalitätenflagge erinnern?«

»Muss irgendein Südamerikaner gewesen sein. Panama war es nicht, das ist ja die häufigste Flagge. Tut mir leid, ich will da nichts falsches sagen. Die ganze Geschichte spielte sich auf jeden Fall noch außerhalb der schwedischen Hoheitsgewässer ab, ist also auch von unserer Küstenwacht nicht registriert worden.«

»Gibt es so etwas wie einen Fahrtenschreiber an Bord, wie bei Lkw etwa?«

»Ja, natürlich, so ähnlich funktioniert das auch.«

»Würde es dir etwas ausmachen, die Aufzeichnungen, sagen wir der letzten drei Monate, durchsehen zu lassen, ob da ebenfalls Fahrtverzögerungen auf dieser Strecke vorkamen?«

»Du willst es aber genau wissen. Na, gut! Das kann einer von den jungen Leuten machen, kostet dich aber eine Runde heute Abend in der Messe«, grinste Stig Lund.

Sven Lindström schluckte und lächelte etwas gequält bei dem Gedanken, diese Ausgaben nicht auf die Spesenrechnung setzen zu können.

Lindström fand es angebracht, die Leute auf der Brücke für eine Zeit in Ruhe zu lassen und ließ sich den kürzesten Weg zu den Passagierdecks zeigen.

Das rege Treiben in den zahlreichen Geschäften, Bars und Wandelgängen stand in krassem Gegensatz zu der geschäftsmäßigen, gedämpften Atmosphäre auf der Kommandobrücke.

Das Schiff bildete für die rund tausend Reisenden eine abgeschlossene Welt, eine schwimmende Geschäfts- und

Hotelstadt, die mit dem Meer, das sie von allen Seiten umgab, kaum eine Verbindung zu haben schien.

Diese See aber barg für Sven Lindström noch eine Reihe von Rätseln, deren Lösung er sich mit Verbissenheit widmete. Seine Vermutungen, Überlegungen und Spekulationen dehnten sich in verschiedene Richtungen. Je mehr er wusste, desto stärker war die Angst sich im Dickicht der Details zu verlieren. Er war nicht sicher, ob es ihm gelingen würde, aus dem Gespinst von Fäden ein reißfestes Tau zu knüpfen, mit dessen Schlinge er die Verdächtigen einzufangen hoffte.

Er fühlte sich ähnlich den Spielern an den ‚Einarmigen Banditen‘, die überall auf den Decks verteilt waren, Spieler, die Münze um Münze in die unersättlichen Maschinen stopften, immer in der vagen Hoffnung, dass der unermüdliche Einsatz letztendlich mit einem stattlichen Gewinn belohnt würde.

Ein Blick aus den großen Fenstern, deren Scheiben von salziger Gicht verschleiert waren, zeigte ihm, dass sie sich den Schären um Vårholma näherten. Er verglich die Zeit und eilte durch die doppelten Türen hinaus auf das menschenleere, vereiste Promenadendeck.

Die Finlandia hatte die drei Leuchtfeuer passiert, an die er sich von der Fahrt mit der Stormfågel her erinnerte. Der Fährkoloss schwenkte fast unmerklich nach Steuerbord.

Vårholmas Nordküste tauchte schemenhaft aus dem leichten Dunst auf. Die Sonne stand nur handbreit über dem südlichen Horizont und ließ die Schäre als dunklen Schattenriss vorbeiziehen. Nur wenige hundert Meter entfernt ahnte er das Ufer, dass er mit den Stormquists und Ulf Bengtson abgelaufen hatte.

In diesem Moment spürte Lindström ein fast unmerkliches Zittern das Schiff durchlaufen, und er bildete sich ein, dass es, wenn auch unbedeutend, an Fahrt verlor, während das auf- und abschwellende Vibrieren der Maschinen unverändert klang.

Lindström folgte dem momentanen Impuls und eilte durch die belebten Gänge in Richtung des Aufganges zur Brücke.

Auf dem engen Niedergang kam ihm ein Matrose entgegen.

»Der Kapitän sucht dich!«

Sven Lindström hastete keuchend die kurzen, steilen Stufen hinauf und stand Augenblicke später schwer atmend auf der Brücke.

Stig Lund und zwei Offiziere sahen gebannt und heftig diskutierend auf die Instrumente ihrer Paneele. Er wandte kurz den Kopf, als Sven Lindström auftauchte.

»Du kommst gerade richtig! Es ist wie verhext, aber wir haben wieder Fahrt verloren, nicht viel, drei Knoten nur, aber es ist völlig unerklärlich. Hätten wir vorhin nicht so ausführlich darüber diskutiert, es wäre vermutlich niemandem so recht aufgefallen. Schon bei etwas stärkerer See hätte niemand den kurzen Ruck bemerkt.«

»Ist etwas auf dem Echografen zu sehen?«

Jan, der 1. Offizier, schüttelte den Kopf.

»Der Meeresboden liegt hier bei etwa 35 Metern. Schau selbst! Keine weiteren Echos, nichts.«

Sie suchten mit ihren Gläsern die umliegende Wasserfläche ab. Sie war, mit Ausnahme der vorbeiziehenden Schäreninseln, leer. Auch der Radarschirm zeigte keine auffälligen Objekte.

Der Kapitän ließ den Autopiloten abschalten, griff eigenhändig nach dem lächerlich klein wirkenden Steuer und legte den 150 Meter langen Fährkoloss abwechselnd in eine Steuer- und Backbordkurve. Ein Manöver, für das der Gigant fast zwei Kilometer benötigte.

»Fährt sich wie ein nasser Schwamm, finde ich.«

Der 1. Offizier telefonierte lange mit dem Maschinenraum und schüttelte anschließend ratlos den Kopf.

»Ich dachte einen Moment an einen Fehler in der Hydraulik, aber die Kollegen sind völlig überzeugt, dass alle Systeme normal arbeiten.«

»Kann ich die nächsten 45 Minuten auf der Brücke bleiben«, fragte Sven Lindström überraschend.

»Wie kommst du gerade auf 45 Minuten?« wunderte sich Stig Lund.

»Nun, 45 Minuten dauerte die Störung auch am 21. Dezember. Vielleicht gibt es ja einen Zusammenhang.«

»Bleib«, sagte der Kapitän kurz, »aber mache dir nicht zu viele Hoffnungen.«

Das Schiff wurde weiterhin von Hand gesteuert, und die Mannschaft kontrollierte peinlich genau die Anzeigen der Instrumente. Das unerklärliche Symptom verunsicherte die erfahrenen Seeleute mehr als sie nach außen zu zeigen wagten. Die routinierte Kühle, die Lindström zu Beginn der Fahrt wahrgenommen hatte, war einer nervösen Spannung gewichen, die erst durch den Ausruf des 1. Offiziers unterbrochen wurde.

»Frachter backbord voraus!«

Sven Lindström sah auf die Uhr. Es waren 35 Minuten vergangen.

Die Gläser richteten sich auf den noch etwa zwei Meilen entfernten Überseefrachter, dem das charakteristische Kielwasser fehlte.

»Ich könnte wetten, das ist der gleiche Pott, der am 21. Dezember hier rumlag.«

Der Offizier montierte ein stärkeres Fernrohr auf ein Stativ und visierte das stillliegende Schiff an.

»‚Esperanza, Buenos Aires‘, jetzt ist es deutlich zu sehen. Keine Notzeichen!«

»Versuchen wir es über die Seenotfrequenz per Funk.« Trotz mehrmaligem Anruf erfolgte keine Antwort. Das Heck des Frachters glitt in knapp einer Meile Entfernung vorbei.

In diesem Moment meldete der Rudergänger, »wir nehmen wieder Fahrt auf, Käpten.«

Alle stürzten zum Fahrtmesser und sahen fasziniert, wie die Nadel langsam aber stetig nach oben glitt und sich dann bei der Sollfahrtmarke stabilisierte.

»Die Scheiße ist ab vom Schuh«, bemerkte Jan trocken.

»Das habe ich doch schon mal gehört«, sagte Stig Lund ebenso lakonisch und fotografierte den Frachter mit einer langen Brennweite.

Auf der Rückfahrt von Helsinki am nächsten Morgen erhielt Sven Lindström die Auswertung des Fahrtenschreibers.

»Ich bin selbst überrascht, Kommissar«, gestand Kapitän Lund ein, »niemand hat sich bisher diese Daten angesehen. Es gibt tatsächlich eine, genauer gesagt zwei frühere Fahrtverzögerungen.«

Sven Lindström zog die Augenbrauen hoch.

»Eine am 14. September«, fuhr Stig Lund fort, »von Helsinki nach Stockholm, und gleich am nächsten Tag in der Gegenrichtung.«

»Hast du eine Erklärung dafür«, fragte Lindström den sichtlich verunsicherten Kapitän der Finlandia.

»Ebenso wenig wie zuvor. Aber es handelt sich offenbar nicht um zufällige Störungen. Das ist doch auch dein Verdacht, wenn ich Recht habe.«

»Du hast«, entgegnete Sven Lindström. »Aber frage mich nicht nach Details. Darüber weiß ich so wenig wie ihr. Aber diese Fahrt bringt mich, da bin ich sicher, ein gutes Stück weiter.«

Sven Lindström verließ die Brücke und deckte sich im Duty-Free Shop mit Vorräten für seine einsamen Abende in Stockholm ein.

Erst dann telefonierte er mit Malte Stormquist. Das Gespräch war kurz und sachlich und seine Anweisungen präzise.

Er sah auf die Uhr.

»Fordert einen Hubschrauber an! Ihr habt noch etwa zwei Stunden Zeit. Wir sehen uns morgen im Büro.«

Lindström ging zufrieden in seine Kabine und goss sich einen doppelten Remy Martin ein zur Feier des Tages.

Ort: Vårholma
Zeit: Zwei Stunden später

Als das kleine Fährboot sich dem Landungssteg von Vårholma näherte, sah Malte Stormquist den Mann mit der großen Sporttasche schon von weitem.

Er gab den vier Zivilbeamten einen unauffälligen Wink. Der Mann, der gerade den Steg betrat, schien ahnungslos und wehrte sich kaum, als er blitzschnell umringt und festgenommen wurde.

Eine flüchtige Durchsuchung der Tasche gab hinreichend Anlass, ihn für Jahre hinter schwedische Gardinen zu bringen.

Sein Pass wies ihn als Österreicher aus, aber auch er verweigerte jede Aussage.

Als Sven Lindström am Abend des nächsten Tages im Büro auftauchte, wartete Malte Stormquist sichtlich erregt und gleichzeitig gereizt auf seinen Vorgesetzten.

»Was soll das. Ich komme mir vor wie beim Blinde-Kuh Spiel. Wieso lässt du mich hier im Dunkeln tappen und Leute festnehmen, von denen ich nichts weiß.«

»Okay! Beruhige dich! Ich schulde dir eine Erklärung. Aber du wirst mich verstehen, wenn du hörst, gegen wen sich mein Verdacht tatsächlich richtet.«

Malte Stormquist zündete sich nervös eine Zigarette an und sah Lindström aus den Augenwinkeln an, so als ahnte er, was Sven ihm jetzt eröffnen würde.

»Wir haben den Fall in all seinen Verwicklungen noch lange nicht gelöst«, begann Lindström, und ich bezweifle inzwischen, ob wir es wirklich schaffen, alle Hintergründe mit unseren Mitteln auszuleuchten. Aber, soweit es den Drogenschmuggel betrifft, so sind Karl Nestor und der Österreicher natürlich nicht die Schlüsselfiguren. Das sieht man schon daran, wie schnell Karl Nestor ersetzt werden konnte.«

»Na gut«, Malte Stormquist hatte sich am Stummel seiner Zigarette eine neue angezündet, »was steckt deiner Meinung nach wirklich dahinter?«

»Erinnere dich mal an das Gespräch mit den deutschen Sicherheitsbeamten«, fuhr Lindström fort, »sie haben ziemlich unverhohlen angedeutet, dass hinter Nestor eine Gruppe ehemaliger Nazigrößen steckt. Und jetzt kommt meine Interpretation. Sie kaufen mit dem Gewinn aus den Drogengeschäften Waffen, ob für das argentinische Militär oder für eigene Zwecke, das ist völlig unklar. Aber diese komplizierte Maschinerie funktioniert nur, wenn sie hier einen oder mehrere Leute haben, die ihnen das technische Know-how vermitteln, wie man das Heroin ins Land bringt, auf einem immerhin so raffinierten Weg, dass wir bis heute noch nicht wissen, wie sie es im Detail geschafft haben.«

Malte Stormquist stand mit dem Rücken zu Lindström und blickte, während er hektisch an seiner Zigarette zog, in das Schneetreiben vor dem Bürofenster.

»Und nun zum Kern der Sache. Alle Spuren kreuzen sich auf Vårholma in einer Ansammlung von vermeintlichen Zufällen, einer Insel, auf der ein einsamer Schiffbauingenieur haust, der als Nachbar ausgerechnet einen Beamten des Drogendezernates hat. Einen ungünstigeren Umschlagplatz für die heiße Ware – könnte man denken – kann es gar nicht geben.«

Malte Stormquist hatte sich abrupt umgewandt und starrte Sven Lindström feindselig an.

»Willst du etwa sagen, dass ich ...«

»Warte es ab!« fuhr Lindström dazwischen.

»Wenn ich nicht ganz falsch liege, war Karl Nestor für

Ulf Bengtson kein Unbekannter. Wir sollten mal seine Lebensgeschichte, seine Freunde vor dem Krieg unter die Lupe nehmen. Vorausgesetzt, mein Verdacht bestätigt sich, welche Tarnung konnte für den Mann besser sein als die Nachbarschaft eines, zugegeben nichtsahnenden Kriminalbeamten, der dem alten Mann gerne bescheinigt, dass er die Tage mit Spaziergängen, philosophischen Betrachtungen über die Natur und Holzhacken verbringt.«

»Aber du hast dich doch selber mit ihm unterhalten, warst du nicht der gleichen Überzeugung?« fuhr ihn jetzt Malte an, der sich bloßgestellt fühlte.

»Ja, zugegeben. Ulf war mir auch sofort sympathisch. Aber ich kannte ihn nicht lange genug, um die Fakten aus den Augen zu verlieren.«

Malte Stormquist steckte Sven Lindströms unterschwellige Kritik wortlos weg. Das Zucken seiner Lippen verriet jedoch, dass er sich noch gegen Lindströms Argumente auflehnte.

»Malte, ich mache dir persönlich keinen Vorwurf. Aber das ändert nichts daran, dass wir den Verdachtsmomenten nachgehen müssen. Wir müssen uns Ulf Bengtson vornehmen!«

Sven Lindström machte eine Pause. Malte Stormquist tat ihm leid, wie er dastand und mit seinen Zweifeln kämpfte, zwischen logischer Analyse und emotionaler Abwehr schwankte.

»Hör zu, Malte. Wenn du dich befangen fühlst, und dafür hätte ich volles Verständnis, lass Ed Eklund für dich weitermachen und nimm dir eine andere Sache vor.«

Sven Lindström beobachtete seinen Kollegen, der um eine Entscheidung rang.

»Okay«, sagte Stormquist nach einer endlos erscheinenden Pause, »ich bin weiter dabei. Leicht fällt es mir nicht.

Aber vielleicht gehört auch das zu den verdammten Schattenseiten unseres Jobs, ‚law and order' zuliebe Freunde über die Klinge springen zu lassen.«

»Meinetwegen, sieh es so. Ich bin froh, dass du den Kram nicht hinschmeißt. Lass uns an die Arbeit gehen!«

Ort: Im südlichen Stockholm
Zeit: An einem der nächsten Tage

Ulf Bengtson fuhr mit dem Fahrstuhl von der Wohnung seiner Tochter ins Erdgeschoss des Wohnsilos, überquerte die zu dieser Zeit wenig belebte Straße und ging zielgerichtet über einen Kinderspielplatz zu der matt erleuchteten Telefonzelle am andere Ende der Grünfläche, die sich hinter dem Spielplatz erstreckte.

Auf der sechzig Meter entfernten, parallel führenden Straße folgte der dunkle Volvo fast geräuschlos im Tempo des Fußgängers und stoppte, als Bengtson die Zelle betrat.

Eklund hob das Fernglas und konnte gerade noch erkennen, dass die beiden ersten Ziffern, die Ulf Bengtson wählte, Nullen waren. Dann stellte er sich so ungünstig vor den Apparat, dass Eklund das Glas senken ließ. Er rief über Funk Stormquist an, der mit der Telefongesellschaft in direkter Verbindung stand. Ulf Bengtson sprach genau neun Minuten, Zeit genug, um über eine Fangschaltung das Gespräch aufzuzeichnen.

Am nächsten Morgen hatte Sven Lindström das Protokoll des Telefongespräches auf seinem Schreibtisch liegen.

Malte Stormquist wartete auf Lindströms Reaktion.

»Teneriffa also! Es wurden leider überhaupt keine Namen genannt, so, als ob man das Abhören des Gespräches mit einkalkuliert hätte.«

»Aber man sprach deutsch. Vielleicht ein Hinweis, dass der Verdacht richtig ist.«

»Also, wenn man mal alle Phantasie weglässt, könnte es sich bei der Unterhaltung um eine rein private Geschichte handeln.

Hier zum Beispiel.

Bengtson - Also, ich habe keine Ahnung, ob das Boot

angekommen ist. Er hat sich nicht bei mir gemeldet.

Partner - Könnte etwas schief gegangen sein?

Bengtson - Ich sagte doch. Ich habe keine Nachricht von dem Jungen. Vielleicht auch ein technischer Defekt.

Partner - Ist der Guppi pünktlich angekommen?

Bengtson - So wie geplant.

Partner - Das Boot ist auf jeden Fall pünktlich abgeschickt worden, das wissen wir bestimmt ...

Mach dir mal daraus einen Reim«, sagte Sven Lindström mehr zu sich selbst als zu Malte Stormquist, »was sind eigentlich Guppis?«

»Zierfische mit Hängebäuchen«, grinste Stormquist, «ich wusste nicht, dass Ulf Fische hält.«

»Vielleicht ist es genau das«, sinnierte Sven Lindström, »Malte, kannst du dich an unseren gemeinsamen Abend auf Vårholma erinnern, als wir die Finnlandfähre mit den Kinder puzzelten?«

»Natürlich! Da warst ja nicht sehr erfolgreich dabei.«

»Das wird sich zeigen. Mir fehlten Teile, die unter den Schiffsrumpf passten.«

»Da ist nichts als das blaue, blaue Meer«, imitierte Stormquist seine kleine Tochter.

»Irrtum, Sven! Ich glaube, wir haben Ulf Bengtson doch unterschätzt. Als ich ihn auf Vårholma daraufhin ansprach, dass er Schiffbauingenieur war, sagte er lachend. ‚Ich bin es noch.' Ich ging damals davon aus, dass ich durch das ‚war' seine Berufsehre verletzt hätte. Aber vielleicht hatte sein spontaner Protest eine tiefere Bedeutung.«

»Wenn ich deine Gedankengänge richtig durchschaue, glaubst du, dass wir die Finlandia einmal von Tauchern untersuchen lassen sollten«, griff Malte Stormquist Lindströms Faden auf.

»Genau das! Aber nicht irgendwann. Lass Ulf Bengtson

weiter überwachen. Ich glaube, er gibt uns selbst das Signal
zum Zufassen.«

Ort: In den Schären vor Stockholm
Zeit: Etwa 14 Tage später

Das Signal kam nicht wie erwartet von Ulf Bengtson sondern von Stig Lund, dem Kapitän der Finlandia.

»Interessiert ihr euch noch für unsere Probleme, Kommissar?«

Lindström vergaß, dass man sein erregtes Nicken am Telefon nicht hören konnte. Stig Lund deutete das Schweigen am anderen Ende der Leitung als Zustimmung.

»Wir hatten heute bei der Fahrt nach Stockholm wieder diese rätselhafte Fahrtverzögerung. Sie endete an der alten Stelle vor Vårholma.«

Sven Lindström wartete seit Wochen auf diesen Augenblick, und es bedurfte nur weniger Telefonanrufe, um die gut vorbereitete Maschinerie in Gang zu setzen.

Er beauftragte Malte Stormquist mit der Koordinierung des Einsatzes und fuhr selbst schweren Herzens mit einem Streifenwagen zu Ulf Bengtsons Wohnung.

Es war kurz nach sieben am Morgen, als Ulf Bengtson die Wohnungstür öffnete. Sven Lindström erschrak, als er Bengtson sah. Sein grauer Schopf wirkte noch entfärbter, sein vor Wochen noch leicht gebräuntes Gesicht eingefallen und blass.

»Ist es soweit?« sagte er halblaut, so als hätte er Lindströms Kommen erwartet.

Sven Lindström war für einen Moment durch Bengtsons Reaktion verunsichert.

»Wusste dieser Mann, was ihn erwartet?« war sein Gedanke.

Er wollte vermeiden, Bengtson formell festzunehmen.

»Zieh dich warm an, wir werden eine Weile unterwegs sein!«

Ulf Bengtson nickte nur stumm, zog seine Schuhe an und nahm den Mantel vom Garderobenhaken.

Im Hintergrund sah Lindström Bengtsons Frühstücksreste und die halbgeleerte Teetasse. Er schluckte, als er Bengtson am Arm fasste und in Richtung Fahrstuhl schob.

Als Ulf Bengtson den Streifenwagen mit dem Beamten am Steuer sah, zeigte er keine Überraschung.

»Wohin?« fragte er nur.

»Zum Hafen«, erwiderte Lindström tonlos.

Ulf Bengtson nickte und stieg in den Wagen.

Am Finlandkai deutete nichts auf den bevorstehenden Großeinsatz hin. Das umfangreiche Material der Tauchspezialisten war unbemerkt von möglichen Beobachtern an Bord der Finlandia gebracht worden. Die sechs in lässigem Freizeitlook gekleideten Taucher gingen gemeinsam mit den übrigen Passagieren an Bord.

Lindström sprach sich kurz mit Malte Stormquist ab, der ihm unauffällig einen Zettel in die Hand drückte und fuhr dann mit Ulf Bengtson weiter zu einem Pier des Industriehafens, wo sie ein Schnellboot der Marine bestiegen.

Bengtson folgte wie eine willenlose Marionette dem Kommissar auf das Boot.

»Willst du es uns nicht etwas leichter machen, bevor wir vielleicht Unschuldige in Gefahr bringen?«

Bengtson blickte ausdruckslos in das vorbeirauschende Wasser.

»Es ist sowieso alles egal, seit ihr Karl Nestor habt.«

Lindström hielt den Zettel in der Hand, den ihm Malte Stormquist zugesteckt hatte und wollte gerade etwas erwidern, zögerte aber im letzten Moment.

»Siegfried Nestor, sein Vater, ist seit über 45 Jahren mein Freund. Wir haben uns in Deutschland kennen gelernt. Ich bin nach Argentinien gefahren, als Karl geboren wurde.

Damals fachsimpelten wir mit einigen anderen Exildeutschen über die Möglichkeit, mit Mini-U-Booten unbemerkt in fremde Häfen zu kommen. Die Deutschen hatten es mit wenig Erfolg im Krieg versucht, ohne auf die einfachste und sicherste aller Möglichkeiten zu kommen.«

Sven Lindström entging nicht, wie sich Ulf Bengtsons Gesicht plötzlich aufhellte. Sein Blick richtete sich auf einen unbestimmten Punkt in der Ferne.

»Damals war es nur eine technische Phantasie, dann aber, vor ein paar Jahren, sprach mich Siegfried direkt an. ‚Kannst du deine Idee mit dem Geld und den technischen Möglichkeiten meiner Freunde verwirklichen?‘ Mich faszinierte es, nach über vierzig Jahren noch einmal ein großes Projekt anzugehen, nachdem mein eigenes Land mich nach dem Krieg zum Arbeitslosen, zum intellektuellen Krüppel gemacht hatte, mir vorhielt mit den Deutschen kooperiert zu haben.«

»War das deine Art von Rache, den Drogenschmuggel zu unterstützen und das Leben von hunderten unserer Landsleute aufs Spiel zu setzen?« fragte Lindström bitter während das Schnellboot beidrehte.

An Steuerbord tauchte die Nordküste von Vårholma auf.

»Natürlich nicht! Das war überhaupt nicht die Frage. Siegfried hatte Beziehungen zur argentinischen Marine, in der sein Sohn diente. Die suchte angeblich ein ausgefallenes Instrument für die Verteidigung ihrer Häfen. Aber das interessierte mich alles nicht. Mir ging es nur darum, einem alten Freund einen Gefallen zu tun und meine Idee loszuwerden.«

»Wir können später darüber reden. Du kannst jetzt das Ergebnis deiner Bemühungen bewundern«, unterbrach ihn Sven Lindström nicht ohne Sarkasmus.

Ihn hatte die politische Ignoranz Ulf Bengtsons zugleich erschreckt und aggressiv gemacht. Es waren die gleichen Argumente, mit denen deutsche Wissenschaftler nach Beendigung des Krieges ihre Beteiligung an den menschenverachtenden Verbrechen der Nazis gerechtfertigt hatten.

Aber jetzt war nicht die Zeit und nicht der Ort Geschichte aufzuarbeiten. Das Marineschnellboot lag in sicherem Abstand von Vårholma und wartete auf die Finlandia, die ihm mit einer halben Stunde Abstand folgend musste.

Auf dem Autodeck der Fähre machten sich unter Malte Stormquists Aufsicht sechs Marinetaucher für ihren ungewöhnlichen Einsatz fertig.

Von den über tausend Passagieren auf den oberen Decks unbemerkt, öffnete sich rund fünf Meter über der vorbeirauschenden Wasseroberfläche das gewaltige seitliche Luk und ließ Tageslicht in den von öligem Dunst erfüllten Raum. Die matte Wintersonne beleuchtete die Gruppe von Froschmännern. Sie waren mit einer Fernsehkamera ausgerüstet, deren Bild Malte und Ed Eklund an Bord beobachten konnten. Um jeden Verdacht zu vermeiden, setzte das Schiff seine Fahrt mit nur wenig verminderter Fahrt fort. Ein Fallreep wurde vorsichtig bis kurz über die Wasserlinie herabgelassen, und der erste Taucher kletterte an dem massigen Schiffsrumpf hinab auf das vorbeitosende Wasser zu. Er erprobte die Magnetsauger, mit denen er sich unter Wasser an den glatten Schiffsrumpf klammern sollte und signalisierte mit dem Daumen nach oben, dass er bereit war.

Malte Stormquist konnte auf dem Monitor die schwankenden Bewegungen des Mannes beobachten, dann füllten Luftblasen das Bild, und auf dem Schirm tauchten die durch die veränderte Lichtbrechung verzerrten Nieten am Schiffsrumpf der Finlandia auf.

Die einförmige Wand glitt vorbei und wölbte sich über den tiefer absinkenden Taucher. Die Sicht betrug nur wenige Meter, dennoch zeichneten sich die Konturen des Schiffsbodens deutlich auf dem Fernseher ab.

Malte Stormquist fühlte wie seine Handflächen feucht wurden bei dem Gedanken an den Mann da unten. Der in schwarzes Neopren gekleidete Froschmann klammerte sich bei nur wenigen Grad über Null an den Schiffsrumpf und wurde dabei mit über dreißig Stundenkilometern durch die baltische See geschleppt.

Ed Eklund unterbrach ihn.

»Ich glaube, ich sehe da drüben das Boot mit Lindström«, und zeigte durch das geöffnete Luk auf das gut einen Kilometer entfernte Marineboot. Stormquist nickte und sah auf die Uhr und dann auf den Fernsehschirm. Die übrigen Taucher umringten ebenso gebannt den kleinen Monitor.

Die Minuten vergingen. Ein Teil des Schiffsbodens füllte das Bild aus, der Rest war vom amorphen Grau des unsichtbar vorbeirauschenden Meerwassers bedeckt.

Ein unterdrückter Aufschrei fuhr durch die Gruppe.

Aus dem undifferenzierten Grau des Bildschirmes schälte sich eine dunkle Struktur mit deutlich rundlichen Konturen heraus. Die Hand des Tauchers erschien zweimal vor der Linse als Signal, dass er den Gegenstand ebenfalls wahrnahm. Dann schob sich, deutlicher werdend, der torpedoartige Rumpf eines Kleinst-U-Bootes von der Seite unter den massigen Rumpf der Fähre, hob sich wie in Zeitlupe und verband sich wie von einem Magneten gehalten mit dem Körper der Finlandia.

Ein unmerklicher Ruck ging durch das gewaltige Fährschiff, und Sekunden später läutete auf dem Autodeck das Schiffstelefon.

Stig Lund war selbst am Apparat.

»Wir haben jetzt eine deutliche Verzögerung in der Fahrt, rund drei Knoten.«

Malte Stormquist fiel es schwer seine Erregung zu verbergen.

»War nichts auf dem Echolot zu verzeichnen?«

»Nein, absolut nichts.«

Malte Stormquist schickte Ed Eklund auf die Brücke, um dort Bericht zu erstatten. Er selbst griff zum Funkgerät und gab verschlüsselt einen Bericht an Sven Lindström auf dem Marineschnellboot.

Der legte das Mikrofon zurück und sah Ulf Bengtson mit gespaltener Bewunderung und zugleich Verachtung an.

»Das ist also deine Idee, dein Guppi.«

Ulf Bengtson zeigte zum ersten Mal Betroffenheit.

»Woher wisst ihr das mit dem Guppi?«

»Wissen«, sagte Lindström, »tue ich das erst seit einer Minute. Aber gehört habe ich es, als du mit Teneriffa telefoniert hast, mit Siegfried Nestor.«

Sven Lindström bluffte, aber Bengtsons Reaktion bestätigte seine Vermutung.

»Mir ging es nur darum, dass dem Jungen nichts passiert, alles andere interessierte mich eigentlich nicht. Aber Siegfried ließ nicht locker und gab mir deutlich zu verstehen, dass er von mir weiterhin Unterstützung für seine Geschäfte erwartete. Was konnte ich tun, um aus dieser Geschichte herauszukommen, ohne ihn in Schwierigkeiten zu bringen?«

Obwohl das als Frage formuliert war, schwieg Sven Lindström.

»Aber nun, da ihr Karl verhaftet habt, nützt ihm mein Schweigen auch nicht mehr.«

Lindström hielt es weiterhin nicht für angebracht, Bengtson über den Inhalt der Mitteilung aufzuklären, die Stormquist ihm zugesteckt hatte. Er wagte nicht ihn anzusehen.

Das Boot mit Lindström und Bengtson hielt sich in unverändertem Abstand zu der durch die äußeren Schären in Richtung Helsinki kreuzenden Finlandia mit ihrer Kiellast.

»Wie kommt der Stoff nun von dem U-Boot nach Vårholma, das ist mir noch nicht klar«, forschte Sven Lindström und versuchte Bengtsons Fehleinschätzung der wirklichen Lage für sich auszunutzen.

»Im Boot ist eine Schleuse eingebaut, durch die ein Taucher unter Wasser aus- und einsteigen kann. Er schleppt in einem Netz einen wasserdichten Behälter zur Insel und befestigt ihn an einer Ankerkette mit einer aufblasbaren Boje.«

Sven Lindström begriff jetzt endlich die bisher noch ungeklärten Zusammenhänge.

»Das heißt, als ich mit Stormquist die blaue Boje gesehen habe, war das Heroin noch daran befestigt.«

»Muss wohl. Nestor hat es dann irgendwann herausgeholt und nach Stockholm gebracht.«

»Das U-Boot nimmt dann den Taucher wieder auf und wartet bis zum nächsten Morgen auf die Fähre nach Helsinki.«

Bengtson nickte stumm und blickte fast verträumt zur Finlandia hinüber.

»Und was hat die Taucherleiche damit zu tun, die bei Vaxholm angetrieben wurde?« fragte Lindström hart.

Bengtsons Gesicht reagierte mit einem nervösen Zucken.

»An jenem Tag kam das U-Boot nicht aus den Schären zurück, mehr weiß ich nicht«, antwortete Ulf Bengtson fast trotzig.

»Aber ich«, dachte Lindström. Er erinnerte sich, dass die Finlandia damals aufgrund von Flottenmanövern einen anderen Kurs wählen musste. Es wurde ihm klar, dass der angetriebene Taucher nicht das einzige Opfer dieser Umstände sein konnte.

»Wie viele der Mini-U-Boote besitzen denn nun deine Freunde?«

»Insgesamt drei.«

»Das heißt, sie waren bereit, auch ein weiteres Boot samt seiner Besatzung zu opfern?«

Ulf Bengtson wandte sich von Sven Lindström ab.

Der Taucher hatte die Fernsehkamera so am Rumpf der Finlandia befestigt, dass für die Männer auf dem Autodeck das U-Boot, dessen Länge sie auf sieben Meter schätzten, gut zu beobachten war. Wie das Junge eines Wales klebte es am gewaltigen Bauch des 25.000 Tonners.

Nach zwanzig Minuten stieg der Taucher mühsam das Fallreep hinauf und stand jetzt, trotz seines Wärmeschutzanzuges, zitternd vor Kälte und Anspannung inmitten seiner Kollegen.

Er war sicher, nicht von der Besatzung des U-Bootes entdeckt worden zu sein.

Erschöpft von seinem Tauchgang fuhr er mit dem Lift zu den Mannschaftsräumen. Die Zurückgebliebenen einschließlich Malte Stormquist und Ed Eklund starrten weiterhin fasziniert auf das vermeintlich unbewegliche Gefährt auf dem Monitor.

Stormquist benutzte die Aktionspause für einen Besuch auf der Brücke. Der Blick ging weit auf die nun zurückweichenden Schären und voraus auf die weiterhin leere und nur mäßig bewegte See. Kapitän Lund führte ihn zum kreisrunden Bildschirm des Radars.

»Hier kannst du es sehen. Zwölf Meilen voraus sind zwei Schiffe nahe bei unserem Kurs. Ich vermute, eines davon ist die Esperanza. Es würde mich wundern, wenn hier nicht ein Zusammenhang mit unserem blinden Passagier bestünde.«

Stormquist informierte über die Bordtelefonanlage die fünf Taucher und Eklund auf dem Autodeck.

»Das Problem ist, dass wir jetzt gerade aus den schwedischen Hoheitsgewässern herauskommen, dass wir kein Recht haben, was auch immer geschieht, aktiv einzugreifen. Wir können lediglich zuschauen und uns ärgern.«

»Vermutlich hast du Recht, es sei denn, ihr hättet genügend Beweismaterial, um das U-Boot noch hier zum Auftauchen zu zwingen und die Besatzung festzunehmen.«

»Leider nein«, gab Stormquist zähneknirschend zu, »unser Chef ist mehr an den Hintergründen der Affäre interessiert«, konnte sich Malte Stormquist nicht verkneifen zu sagen, »ihm ist die Taube auf dem Dach lieber als der Spatz in der Hand.«

»Nun«, lachte Stig Lund belustigt, »das müsst ihr schon unter euch ausmachen. Ich vermute, dass ich meine ungebetene Last in dreißig Minuten wieder los bin.«

Stormquist blieb auf der Brücke und verständigte sich mit Lindström, während drei der Taucher ihre Nassanzüge überstreiften und die Pressluftflaschen auf ihren Rücken festschnallten.

Der folgende Einsatz war nicht nur mit einem größeren Risiko verbunden, sondern bewegte sich auch auf rechtlich unsicheren Boden. Genau in diesem Augenblick nämlich verließ die Finlandia die schwedischen Hoheitsgewässer und bewegte sich auf neutralem Meeresgebiet.

In den auf die dunkle Silhouette gerichteten Ferngläsern wurde der Schriftzug ‚Esperanza‘ am Bug des Frachters sichtbar. Das argentinische Schiff lag unbeweglich, rund einen Kilometer querab der Route der Finlandia. Das Schnellboot mit Lindström fuhr im Sichtschatten der massigen Fähre und erschien bestenfalls als zusätzlicher Punkt auf dem Radarschirm des Argentiniers.

Malte Stormquist gab den Tauchern das Einsatzzeichen.

Dreimal schlugen die dahinschießenden Wassermassen über den abtauchenden Männern zusammen, und für einen Moment hielten alle auf dem Autodeck den Atem an.

Schließlich ein Aufatmen, als ihre dunklen Körper nacheinander auf dem Monitor erschienen. Meter für Meter schoben sie sich unter dem dahineilenden Fährschiff mit Hilfe ihrer Saugnäpfe an das U-Boot heran, bis sie sich wie Schiffshalterfische daran festgesaugt hatten.

Es dauerte nur Minuten, bis sich das Tauchboot von der glatten Schiffswand löste und mit den drei Marinetauchern im Schlepp zur Seite glitt.

Das Bild auf dem Fernsehschirm zeigte nur noch den glatten, gleichförmigen Bauch der Fähre, die nun leicht beschleunigt ihren Weg fortsetzte.

An Bord der Esperanza erwartete man mit Nervosität das Auftauchen des U-Bootes, aber die Spannung wich einem kaum unterdrückten Entsetzen, als hinter der vorbeigleitenden Finlandia mit stark schäumendem Kielwasser das Schnellboot aufkreuzte und mit zunehmender Fahrt auf den Frachter zuhielt.

Siegfried Nestor versuchte mit Hilfe seines Fernglases die beiden Gestalten an Deck des Marinebootes zu erkennen, und seine Befürchtung wurde zur Gewissheit, als es sich auf einen halben Kilometer genähert hatte.

Eine der beiden Männer war ohne Zweifel Ulf Bengtson.

Sven Lindström war nur zu bewusst, dass er mit Ausnahme des Haftbefehles gegen Ulf Bengtson keinerlei Zugriffsmöglichkeiten auf das argentinische Schiff und seine Besatzung hatte. Aber er besaß ein Faustpfand. Weder Ulf

Bengtson noch Siegfried Nestor kannten den Inhalt des Zettels mit Malte Stormquists Mitteilung. Lindström fühlte das zerknitterte Papier in seiner Tasche und focht einen Kampf aus zwischen seinen Moralansprüchen und der geringen Chance, durch das Zurückhalten der Information einer der Hauptfiguren habhaft zu werden.

Das Schnellboot hatte sich bis auf Rufweite dem südamerikanischen Frachter genähert.

»Hör mir jetzt genau zu, Bengtson! Die einzige Möglichkeit, die Chancen deines Patenkindes zu verbessern, ist, den Vater zu opfern. Überleg dir genau, was du jetzt sagst.«

Und mit diesen Worten drückte er Ulf Bengtson das Megaphon in die Hand.

Ulf Bengtson erkannte die volle Bedeutung seiner ihm bisher rätselhaft erscheinenden Anwesenheit.

Lindström nutzte jetzt die frühere Offenheit Bengtsons ihm gegenüber rücksichtslos aus. Bengtson hatte Lindströms Zielstrebigkeit unterschätzt und sah jetzt keinen Ausweg für sich und Karl Nestor. Deshalb ging er auf Lindströms Forderung ein.

»Siegfried! Gib ein Zeichen, wenn du mich hörst!« schallte es verzerrt von Bord des Schnellbootes.

Lindström sah die kleine gebeugte Gestalt mit den schütteren, durch den Wind zerzausten Haaren an die Reling der Esperanza-Brücke treten.

»Was willst du hier?« tönte die kräftige Stimme Siegfried Nestors.

»Die schwedische Polizei hat Karl festgenommen! Du weist, was das bedeutet!«

Eine Minute schwieg Nestor.

Der Zettel brannte in Lindströms Hand.

»Was soll ich tun?« scholl die Stimme, die an Spannkraft verloren hatte, von dem argentinischen Schiff herüber.

»Du solltest dich den Behörden hier stellen und Karl entlasten!«

Sven Lindström nickte befriedigt. Das wäre auch genau seine Argumentation gewesen. Der Erfolg der Aktion hing am seidenen Faden von Bengtsons Überzeugungskraft.

»Was habt ihr mit dem U-Boot gemacht?« kam Nestors Frage.

Sven Lindström nahm Bengtson das Megaphon aus der Hand.

»Das Boot ist unter unserer Kontrolle, es kann sofort auftauchen, wenn sie auf Bengtsons Vorschlag eingehen!«

»Sie haben kein Recht, das Boot in internationalen Gewässern festzuhalten«, schallte es von Bord des Frachters.

»Wo wollen sie dieses Recht einklagen, Siegfried Nestor?« gab Lindström zur Antwort und reichte Bengtson den Apparat zurück.

»Es gibt keine andere Möglichkeit – du musst aufgeben, um Karl zu retten!«

Erneutes Schweigen auf der Esperanza. Die Besatzung des Schnellbootes verfolgte gebannt den Versuch Lindströms, diesen internationalen Drogen- und Waffenhändler in einer rechtlich aussichtslosen Lagen in seine Gewalt zu bekommen.

Lindström fühlte den Zettel mit Stormquists Mitteilung und bat jenes höhere Wesen, das er nicht verehrte, um Vergebung für seine Hinterhältigkeit.

Wenn Bengtson auch nur eine Ahnung von seinem Inhalt gehabt hätte, wäre der Kampf für ihn verloren. Doch Bengtson hatte die Rolle, die Lindström ihm zugedacht hatte, voll übernommen.

Auf der anderen Seite hatte Siegfried Nestor alles zu verlieren, wenn er sich in Lindströms Hände begab. Konnte er wissen, ob Lindström nicht bluffte?«

Letztendlich hing alles von Ulf Bengtsons Überredungskunst ab. Und Lindström musste zugeben, der tat, wenn auch unter Verkennung der Tatsachen, sein Bestes.

Siegfried Nestor schien schließlich zu Konzessionen bereit, wenn auch in der nicht ganz unberechtigten Hoffnung, dass ihn sein südamerikanisches Gastland über kurz oder lang auf diplomatischem Wege auslösen würde.

Sven Lindström sah nervös auf die Uhr. Die Taucher hinderten jetzt bereits seit dreißig Minuten das U-Boot am Auftauchen. Es war höchste Zeit, die Leute auftauchen zu lassen.

Und genau da signalisierte der argentinische Frachter die Bereitschaft, eine Person von Bord gehen zu lassen.

Die Übernahme von Siegfried Nestor war bei der schwachen Dünung eine Sache von Minuten.

Der Schiffsführer des Schnellbootes gab ein Unterwassersignal, und die Taucher stiegen kurz hintereinander, etwa hundert Meter entfernt, an die Oberfläche.

Die Männer waren völlig erschöpft, und Lindström ersparte ihnen vorläufig eine Berichterstattung.

Das Mini-U-Boot blieb weiterhin ihren Blicken verborgen. Sie hatten keine legale Möglichkeit, es zum Auftauchen zu zwingen.

Bevor Sven Lindström das Deck verließ, zog er den Zettel aus seiner Tasche und entfaltete ihn. Kopfschüttelnd überflog er die Zeilen mit Maltes Mitteilung.

Der Haftrichter hatte Nestor auf freien Fuß gesetzt. Die vorgelegten Beweise gegen Karl Nestor waren äußerst schwach und würden einer gerichtlichen Überprüfung nicht standhalten.

Die informellen Aussagen der deutschen Beamten waren in einem Prozess nicht zu verwerten. Doch das war nun vorbei, sie hatten den Vater. Der kleine alte Mann, der nun zusammengesunken und schweigend neben Ulf Bengtson in der Offiziersmesse saß, hätte unter anderen Umständen Mitleid erregen können. So aber, da er um dessen Geschichte wusste, konnte Sven Lindström seine Regungen wirkungsvoll unterdrücken.

Ort: Stockholm
Zeit: Am nächsten Tag

Die Druckerschwärze der Morgenzeitungen war noch nicht trocken, da schrillte in Lindströms Büro auch schon das Telefon. Der Reichspolizeichef beorderte den Kommissar mit nur schwach verhohlener Drohung in der Stimme in sein Büro.

Lindström zog die Krawatte fest, was das Würgen in seiner Kehle nicht gerade minderte, und hob sich noch schwerer als üblich aus seinem Drehstuhl.

Als er zur Tür ging, wandte er sich unwillkürlich zu diesem Stuhl um und war nicht sicher, ob er ihn jemals wieder besetzen würde.

Wie verwandt fühlte er sich in diesen Minuten jenen, die er im Laufe der letzten Jahre dem Richter zur Aburteilung übergeben hatte. Was unterschied ihn, den Jäger, von seiner Beute. Wo leitete er den Anspruch her, moralisch über seinen Opfern zu stehen. Er hatte sie häufig mit den gleichen Mitteln gejagt wie diese ihre Opfer. Reichte das, was sich Recht und Gesetz nannte aus, um Männer wie Ulf Bengtson und Siegfried Nestor durch Täuschung, Nötigung und Waffendrohung dazu zu bringen, das Indiziengebäude, das er mit Hilfe widersprüchlicher und zweideutiger Informationen aufgebaut hatte, vor dem Einsturz zu bewahren.

Wie oft musste er in der Vergangenheit erleben, dass Fakten und Belege, die er über Monate, manchmal Jahre gegen Verdächtige gesammelt hatte, der gerichtlichen Prüfung nicht standhielten und zur Freilassung führten, zerstörte Existenzen, aus ihren, wenn auch gesellschaftlich morbiden Wurzeln gerissene Männer und Frauen hinterlassend, deren einst oft aggressiver Lebenswille für alle Zeiten gebrochen war.

Sven Lindström fühlte sich nach dem gestrigen Erfolg leer und ausgebrannt.

Der Gang zum Büro des Polizeichefs schien ihm alptraumhaft endlos.

Beamte, die der massigen Gestalt Lindströms auf den Fluren begegneten, wandten sich um und schüttelten den Kopf beim Anblick des Kollegen, der um Jahre gealtert schien.

Seine Hand lag wie Blei auf dem Türknauf, als die Stimme des obersten Vorgesetzten ‚Herein‘ rief.

Den kleinen, zartgliedrigen Mann mit dem gewellten grauen Haar, der ernst, aber trotzdem lächelnd dem Polizeichef gegenüber saß, erkannte er erst beim zweiten Hinsehen als den Außenminister.

Lindström kannte ihn nur aus dem Fernsehen und von Zeitungsfotos.

»Das ist der Mann«, sagte der Polizeipräsident, so als würde er einen Verurteilten vorführen.

Der Außenminister erhob sich etwas linkisch und streckte Lindström seine Hand hin.

Verstört blickte Sven Lindström erst seinen Chef und dann den Minister an und ließ sich seine Rechte drücken.

»Ich möchte deiner Abteilung meinen Dank aussprechen für den Fahndungserfolg. Bitte richte das auch den beteiligten Mitarbeitern aus. Ich sage das auch im Namen des Innenministers, dem eigentlichen Hausherr hier.«

Erst jetzt gewahrte Lindström das halbe Dutzend Pressefotografen im Hintergrund, die im Augenblick des ministerlichen Händedruckes eine Blitzlichtsalve abfeuerten.

»Das war's denn, Lindström«, kam es kontrastierend zu dem gönnerhaft lächelnden Außenminister barsch von Seiten des Vorgesetzten. »Wir sehen uns später noch!«

Lindström ging wie von Schnüren gezogen aus dem Büro

und verstand nichts mehr.

Zwei Stunden später flog die Tür zu seinem Büro auf, und die hohe Gestalt des Reichspolizeichefs stand, wie ein Stier mit geblähten Nüstern schnaubend, drohend im Rahmen.

Eklund, der gerade die Fahndungsprotokolle auf Lindströms Schreibtisch ablegte, wich erschrocken einen Schritt zurück und verließ auf einen eindeutigen Wink des Vorgesetzten hin den Raum.

Die Tür flog krachend ins Schloss.

»Das Theater vorhin war für die Presse«, zischte der oberste Polizist des Landes, »aber nun zur Sache!«

Lindström hatte sich in den vergangenen zwei Stunden gefasst und war entschlossen zu kämpfen. Nach Überfliegen der inzwischen erschienenen Zeitungen hatte er feststellen müssen, dass sein gestriger Coup von der veröffentlichten Meinung stürmisch gefeiert wurde.

So sah er der drohenden Attacke seines Chefs etwas gelassener entgegen.

»Was du dir da mit deinen eigenmächtigen Aktionen geleistet hast, ist ein Skandal.«

Die hagere Gestalt des Reichspolizeichefs schwebte drohend über dem hinter seinem Schreibtisch zur Bewegungslosigkeit verdammten Kommissar.

»Du hast wohl völlig vergessen, welcher Abteilung du vorstehst! Wer hat dich eigentlich ermächtigt, auf U-Boot Jagd zu gehen! Ohne mein Wissen und die Kenntnis der SÄPO die Marine einzuspannen, faktische Festnahmen außerhalb unseres Hoheitsgebietes vorzunehmen! Und wenn du schon über das Ziel hinausgeschossen bist, das entscheidende ‚Corpus delicti‘ aus der Hand zu geben! Wir können Wetten darüber abschließen«, die Stimme des Polizeichefs bekam jetzt Unterstützung durch eine weitaus-

151

holende Gestik, »wann der argentinische Botschafter beim Außenminister auf der Matte steht und die Herausgabe von Siegfried Nestor fordert. Der Sohn ist uns aufgrund deiner schludrigen Beweisführung schon durch die Lappen gegangen.«

Sven Lindström hatte sich bis zu diesem Punkt der Tirade noch in der Gewalt, aber jetzt schnellten die zwei Zentner mit erstaunlicher Leichtigkeit aus dem Sitz. Seine Faust fuhr donnernd auf das vor ihm aufgetürmte Aktenpaket.

»Nun reicht es aber!« schleuderte er dem Gegenüber ins Gesicht. »Jetzt wirst du dir mal anhören wie ich die Sache sehe! Und ich erwarte, dass du das bis zum letzten Wort tust! Wenn du dann noch bereit bist deine Angriffe fortzusetzen, dann tu' es vor diesem leeren Stuhl!«

Und Lindström wies mit der gestreckten rechten Hand auf seinen Sessel, der von seinem heftigen Sprung noch in den Federn wippte.

»Was hast du, die SÄPO, die Marine, der argentinische Außenminister und der liebe Gott, den du vergessen hast zu zitieren, eigentlich dazu beigetragen, dieser politisch motivierten Verbrecherbande, die uns offensichtlich schon seit Jahren auf der Nase herumtanzt, wenn nicht die Hände zu binden, so doch wenigstens wirkungsvoll in die Parade zu fahren? Was haben denn die halbherzigen Drohgebärden unserer Politiker Richtung Osten an der Verletzung unserer Hoheitsgewässer durch vermutete U-Boote bewirkt, außer, dass der Militärhaushalt aufgebläht wurde, damit sich die Marine zusätzliche Spielzeuge kaufen konnte, mit denen sie dann weiterhin ,Blindekuh' spielt. Es ist richtig, dass die Beweiskette gegen Karl Nestor schwach war, aber noch haben wir Siegfried Nestor, und nicht zuletzt Ulf Bengtson, die uns endlich zur Höhle des Löwen führen können. Aber du bist auf dem besten Weg, wenn dein Kettengerassel an die Öffentlichkeit dringt, das auch noch aus der Hand zu schlagen. Und nun zum Schluss! Sollte es den hohen Herrschaften in ‚Rosenbad' nicht passen, dass die Bekämpfung des Drogengeschäftes – alle haben das auf ihre Fahnen geschrieben – politische Verwicklungen unausweichlich nach sich zieht, dann sollen sie das laut sagen! Dann machen wir den Laden hier dicht! Dann beschränken wir uns darauf, die Heroinbeutel mit Aufdrucken zu versehen wie – Spritzen schadet deiner Gesundheit – oder – Fixe nicht in Gegenwart von Kindern – und vor allem – Achte auf das Verfallsdatum!«

Sven Lindström ließ sich zurück in seinen Sessel gleiten.

Sein emotionaler Ausbruch hatte nicht nur ihn erschöpft, auch der Polizeichef hatte an aggressivem Potential eingebüßt und saß, nervös an einer Zigarette saugend, auf einem der unbequemen Besucherstühle.

Es entstand eine Feuerpause, in der Lindströms schweres Atmen zu hören war.

Der Reichspolizeichef drückte seine Zigarette mangels eines Aschenbechers in Lindströms Kaffeetasse aus.

»Es bleibt dir wohl nichts anderes übrig«, sagte er endlich ohne Lindström anzusehen, »die Suppe zu Ende zu kochen, die du angesetzt hast, aber«, seine Augenbrauen zogen sich dramatisch über der Nasenwurzel zusammen, »ich möchte jeden Tag einen Bericht auf meinem Schreibtisch. Ich will vor der Presse nicht noch mal als Trottel dastehen!«

»Aha, darum ging es also in Wahrheit«, dachte Sven Lindström, »verletzte Eitelkeit.«

»Geht klar«, sagte er stattdessen und ging, den obersten Polizisten in seinem Büro zurücklassend, zur Toilette.

Am Nachmittag fuhr Lindström hinab in die Tiefen des ‚Polishuset' und suchte zuerst Ulf Bengtson in seiner Zelle auf.

Am Abend würde der Staatsanwalt ihn dem Haftrichter vorführen lassen, und diesmal mussten die Verdachtsgründe hieb- und stichfest sein. Nicht noch einmal das gleiche Desaster wie mit Karl Nestor, gelobte er sich.

Bengtson sah nur flüchtig auf als Lindström sich von einem Beamten die Zelle aufschließen ließ. Er saß von der Tür abgewandt an dem kleinen Tisch, den Blick zum vergitterten Fenster gerichtet.

»Ich will mit dir sprechen, Ulf Bengtson.«

Sven Lindström hatte sich auf die schmale Pritsche gesetzt.

»Wozu reden, du hast mir ja schon das Wesentliche entlockt.«

»Das Wesentliche ist noch nicht alles. Ich will dir offen sagen wie sich deine Lage darstellt. Heute Abend wird der Ankläger dem Haftrichter vorschlagen, dich wegen Beihilfe zu Zollvergehen, Beihilfe zum Drogenhandel sowie Deckung und Nichtanzeige einer Straftat in Untersuchungshaft zu nehmen. Ob daraus eine Verurteilung wird ist eine andere Sache. Es wird nicht zuletzt davon abhängen, inwieweit du zur Aufklärung der Hintergründe beitragen kannst. Es könnte durchaus sein, dass deine Mitwirkung bei der Festnahme von Siegfried Nestor vom Gericht positiv gesehen wird, strafmildernd. Auf keinen Fall kann ich verantworten, dass du wieder auf freien Fuß gesetzt wirst. Du wirst unser wichtigster Zeuge im Verfahren gegen Siegfried Nestor sein.«

Bengtson hatte sich leicht vom Tisch wegbewegt und Lindström zugewandt, ohne den Blick auf dessen Gesicht zu richten.

Bengtsons Gesichtsmuskeln zuckten. Lindström ließ ihm Zeit, drängte ihn nicht. Er konnte ansatzweise ahnen, welche mentalen und emotionalen Wallungen Ulf Bengtson durchlebte, im Kampf zwischen Loyalität gegenüber seinem Freund Nestor und der Abschätzung seiner eigenen Lage, vielleicht auch einer Spur Sympathie dem Kommissar gegenüber, der ständig bestrebt war, ihm, bei aller Konsequenz bei der Verfolgung seiner Zielperson, Brücken zu bauen, in ihm mehr einen Zeugen als einen Angeklagten zu sehen.

»Was willst du wissen«, sagte Bengtson schließlich und stützte den Kopf in die Hände.

»Mich interessiert die Vorgeschichte, deine erste Begegnung mit Nestor, deine Zeit in Deutschland.«

»Mein Gott! Wie lang ist das alles her.«

Es entstand eine Pause.

»Ich hatte gerade die Ingenieurschule verlassen. Ein Technikeraustausch brachte mich zuerst nach Kiel. Deutschland bot damals ungleich mehr Möglichkeiten, die Ideen von uns jungen Schiffbauern zu verwirklichen. Damals fragten wir nicht, wo die anscheinend unerschöpflichen Mittel herkamen, die den Entwicklungsbüros zur Verfügung standen. In Kiel lernte ich auch Siegfried kennen. Er hatte in München studiert und war ein Teil der rauschhaften Entwicklung, welche die Nationalsozialisten in Deutschland entfacht hatten. Nationalistisch dachten damals wohl nicht nur die Faschisten, alle begehrten sie auf gegen die Knebelung der Industrie nach dem 1. Weltkrieg. Und gerade junge Ingenieure hatten ihren besonderen Ehrgeiz, der natürlich kräftig gefördert wurde, die Rückstände und Behinderungen, welche die ‚Versailler Verträge‘ in der Industrie bewirkt hatten, auszuräumen. Na ja, und sozialistisch erschien ihnen vieles tatsächlich damals, die Idee von der Volksgemeinschaft, der Arbeitsdienst, der ganze kollektivistische Sprachgebrauch ... Und Aufrüstung, wie sie damals betrieben wurde, erschien als logische Konsequenz, um das erstarkende Selbstbewusstsein nach außen zu demonstrieren.«

»Was hast du als Ausländer eigentlich darüber gedacht. Du warst ja nicht in dieser Gesellschaft aufgewachsen?«

»Ich glaube, ich stand damals nicht allein mit meiner Meinung. Bei uns arbeiteten junge Techniker aus fast ganz Europa. Wir waren einfach fasziniert von der Aufbruchstimmung, die damals herrschte. Fast alles schien machbar. So ähnlich muss es den jungen Leuten heute im ‚Silicon Valley‘ gehen. Wo man auch hinblickt, es schien nur voran zu gehen. Klar, für mich als Schweden, mit meiner bäuerlich, bürgerlichen, etwas beschaulichen Tradition wirkte das schon damals alles etwas überzogen, die Parteiaufmärsche, das martialische Gehabe bei Massenveranstaltungen. Ich war damals noch jung und versuchte mich auf meine Arbeit zu konzentrieren. Aber ich habe auch mitbekommen, dass vom Ausland nur wenige wirklich warnende Stimmen zu hören waren. Irgendwie schienen alle in Europa an diesem Boom zu profitieren, und Schweden, glaube ich, bildete da keine Ausnahme. Wir bauten diese Mini-U-Boote damals. Kein Mensch stellte sich vor, diese Spielzeuge, wie wir sie nannten, als Kriegswaffe einzusetzen. Sie hatten durch den Batterieantrieb nur einen kleinen Aktionsradius, natürlich keine Bewaffnung und waren für die Ingenieure mehr so eine Art Fingerübung für die wirklich großen Aufträge. Da gab es auch die kuriosesten Konstruktionen ...«

Ulf Bengtson schien für einige Minuten, bewegt durch seine Erinnerungen, seine momentane Lage zu vergessen, lächelte zuweilen bei seinen Schilderungen.

»... Eine Gruppe baute einfach einen Torpedorumpf zu einem Ein-Mann U-Boot um, na ja, und andere solche Dinger.«

»Was war Siegfried Nestor für eine Figur damals?«

156

»Siegfried passte in die damalige Bewegung, er war ein richtiger Euphoriker, als Techniker und wohl auch politisch. Seine Studienzeit in München verlief zeitgleich mit dem steilen Aufstieg der Hitler-Bewegung. Er wollte die Welt verändern. Dabei habe ich ihn nie geringschätzig über Vertreter anderer Nationen reden hören, aber er schwor auch auf die messianische Formel ,Am deutschen Wesen soll die Welt genesen'. Wir als Ausländer fanden das lächerlich, großspurig, aber machten uns noch keine Gedanken, welche Gefahr da auf uns zukam. Ende '38 wurden wir dann höflich verabschiedet und nach Haus geschickt. Und damit verlor ich auch Siegfried Nestor aus den Augen. Noch ahnten wir nicht, dass Deutschland ein Jahr später mit der halben Welt im Krieg stehen würde.«

»Wann hast du wieder Verbindung mit Nestor bekommen?«

Lindström sah mit Erschrecken auf die Uhr.

»Ja, das war kurz nach dem Krieg, '47 oder '48. Ich war damals in ziemlich schlechter Verfassung. Nachdem ich, während in Europa der Krieg tobte, eine gute Arbeit als Schiffkonstrukteur hatte, begann man nach Kriegsende plötzlich in alten Akten zu wühlen, auch in meinen Arbeitsnachweisen aus der Zeit in Deutschland. Und auf ein Mal schien es einigen Leuten nicht mehr zu passen, dass ich dort vor dem Krieg meine ersten Berufserfahrungen gesammelt hatte. Das endete damit, dass man mir nahelegte, meine Entlassung einzureichen. Damals war ich gerade achtunddreißig. Mit viel Mühe erhielt ich einen Job als technischer Zeichner. Ein entwürdigender Abstieg war das. Und dann kam der Brief von Nestor aus Argentinien. Er hatte sich in den letzten Kriegstagen als Marineoffizier während eines Flottenbesuches in Buenos Aires abgesetzt und war zunächst untergetaucht. Nach Kriegsende nahmen ihn die damaligen Machthaber mit offenen Armen auf. Später war er wohl in verantwortlicher Stellung als Ausbilder bei der argentinischen Marine tätig. Er heiratete eine Deutsch-Argentinierin und '48 wurde dann Karl geboren. Das war dann der Grund, mich nach Südamerika einzuladen. Die nächsten zweieinhalb Jahrzehnte schrieben wir uns gelegentlich. Dann folgte der Machtwechsel in Argentinien mit einem gewissen Linksruck nach der Zeit des Peronismus und wohl auch mit einer deutlichen Schwächung des militärischen Einflusses.«

»Und da schlug sich Siegfried Nestor und sein Sohn auf die Seite der alten Militärs, die ihre Pfründe in Gefahr sahen?«

»So ist es offenbar gelaufen. Das Geld für neue Waffen floss nicht mehr so reichlich. Die militärische Führung war durch den politischen Wechsel gespalten. Es gab mehrere Putschversuche ...«

»... die durch illegal beschaffte Waffen aus dem Ausland unterstützt wurden.«

»So kann man das nicht sagen. Die Papiere dafür waren in Ordnung, denn es gab auch in der neuen Regierungsbürokratie Leute, welche die konservativen Militärs unterstützten und die passenden Stempel auf dem Schreibtisch hatten. Aber die Waffen für die putschenden Truppen konnten natürlich nicht aus dem offiziellen Militärhaushalt finanziert werden.«

»Sondern durch die Erlöse aus dem Drogenhandel auch bei uns«, ergänzte Lindström kopfschüttelnd.

Sven Lindström schwindelte, als er die Tragweite dieses Falles jetzt mit einem Schlag begriff. Er erschrak bei dem Gedanken, welche Folgen dessen völlige Aufdeckung haben würde.

»Wärest du bereit, das vor Gericht zu wiederholen, was du

mir hier und heute erzählst hast?«

Sven Linström fürchtete sich vor der Antwort, die ihm unausweichlich schien. Er wagte sein Gegenüber nicht anzuschauen, richtete statt dessen den Blick auf den Betonfußboden der Zelle.

Ulf Bengtson schüttelte müde seinen mächtigen Schädel.

»Wem würde das nützen? Immer mehr Menschen in diese Tragödie mit einbeziehen? Ich werde meinen Teil der Schuld hier abzutragen haben, und Siegfried Nestor wird das Problem auf seine Weise lösen.«

Sven Lindström ließ einen Unterton in Bengtsons Rede aufhorchen.

»Was meinst du damit ‚auf seine Weise lösen‘?«

»Siegfried sagte mir einmal. ‚Sollten sie mich irgendwann einmal zu fassen kriegen, wird es meine Offiziersehre nicht zulassen, dass sie mich vor ein bürgerliches Gericht zerren‘.«

Sven Lindström stutzte einen Moment, bis er die Bedeutung diese Satzes erfasst hatte.

Er sprang mit einem Satz zur Zellentür und donnerte mit beiden Fäusten gegen das Metall. Es dauerte eine Ewigkeit, bis der Wärter umständlich die schwere Tür aufschloss.

»Zu dem Deutschen!« brüllte er ihn an und stürmte den hallenden Gang hinunter.

Der Beamte folgte ihm ungelenk mit klirrenden Schlüsseln. Als sie schließlich Nestors Zellentür erreichten, riss Lindström die Sichtklappe auf. Eine Sekunde lang war nur die immerwährende Geräuschathmosphäre des Verwahrkellers zu hören, kein menschlicher Laut. Dann brach Lindström in einen hysterischen Weinkrampf aus, der seinen großen, massigen Körper in sich mehrfach wiederholenden Krämpfen schüttelte, bis er sich endlich von dem Loch in der Tür abwandte.

Der Wärter sah den Kommissar erst verständnislos an, trat dann selbst an die Zellentür und steckte den Kopf in die Öffnung, um dort Nestor, die Augen unnatürlich weit geöffnet, die bläuliche Zunge seitlich heraushängend, am Fensterkreuz hängen zu sehen.

Ort: Im Zug nach Lappland
Zeit: Zwei Wochen später

Sven Lindström legte mit einer bedächtigen Bewegung die zusammengeschlagene Zeitung auf seine Knie und versuchte durch die beschlagenen Scheiben des Zugabteils wenigstens einen Lichtpunkt in der schwärzlichen Landschaft, die am Zug vorbeiglitt, auszumachen.

Er brach nach einiger Zeit den Versuch erfolglos ab. Statt dessen fiel sein Blick zurück auf die Schlagzeile der Zeitung in seinem Schoß.

ERNEUT VERLETZUNG DER SCHWEDISCHEN HOHEITSGEWÄSSER DURCH FREMDE U-BOOTE

Lindströms Mund verzog sich zu einem gequälten Lächeln, und ihn fror trotz des überheizten Waggons.

»Ist das nicht schrecklich! Immer noch tappt man im Dunkeln mit diesen verdammten U-Booten!«

Die Stimme seines Sitznachbarn drang aus weiter Ferne zu ihm, und er reagierte nicht.

»Fahren Sie weit?« hörte er die Stimme wieder.

»Ja, Haparanda«, sagte er tonlos wie in Trance und fügte noch hinzu, »zum Schneeschaufeln.«

Er verstand nicht, wieso der Mitreisende daraufhin in schallendes Gelächter ausbrach.

Dieter E. Wilhelmy

Zurück aus der Kälte

Deutsch-schwedischer Kriminalroman

Schon Stunden saß Sven Lindström im Zweiter-Klasse Abteil des Zuges von Haparanda nach Karlstad. Gedankenverloren blickte er durch die von Staub und Regen fast blinden Scheiben. Vor dreizehn Jahren hatte er die gleiche Strecke in der Gegenrichtung befahren. Damals war Februar, und der Zug rollte in das Dauerdunkel des nordischen Winters.

Jetzt schien der Himmel blassblau, während das Land im fahlen Licht schattenlos an ihm vorbezog. Es war kurz nach Mitternacht. Das rhythmische Stakkato der vorbeihuschenden Strommasten schläferte ihn ein.

Dreizehn Jahre erschienenen ihm wie eine Ewigkeit. Nach zwei Jahren Haparanda hatte man ihm gönnerhaft eine Stelle am entgegengesetzten Ende das Landes in Skåne angeboten. Er hatte abgelehnt, denn nach einem Jahr schwedischen ‚Gulags‘ begann er diese gottverlassene Gegend am Polarkreis für sich zu entdecken. Auf seinen Wochenendwanderungen durch die karge Landschaft vernahm er zum ersten Mal das Heulen eines

Wolfes, beobachtete das Spiel der Auerhähne und konnte schließlich nicht mehr nachempfinden, wie er über vierzig Jahre seines Lebens an diesen Wundern vorbeigegangen war.

Das Spiegelbild im Zugfenster zeigte ihm einen gealterten Mann, mittellanges, helles, zurückgekämmtes Haar, merkwürdig fremd.

Wenn er die Augen schloss, waren seine Haare dunkel, kurzgeschoren, sein Gesichtsausdruck fest, der Körper schwer, aber straff.

Das Stoßen der Schienen drang wieder in sein Bewusstsein, und als er für einen Moment die Augen halb öffnete, meinte er die grauen Schatten der Strommasten in der Gegenrichtung vorbeihuschen zu sehen.

Er sah sich den langen, hallenden Gang im Keller des Stockholmer Polizeipräsidiums entlanghasten, das Sichtloch der Zelle aufreisen und den leblosen Körper Siegfried Nestors am Fensterkreuz hängend erblicken.

Er schreckte durch das Bremsen des Zuges hoch, sah benommen aus dem verschmutzten Fenster, durch das jetzt die Sonne blendete, KARLSTAD.

Sven Lindström erwartet in dem verträumten Städtchen Åmål die Aufklärung eines mysteriösen Einbruches.
Die Spuren führen auch nach Deutschland, wo ein Kieler Wissenschaftler eine international äußerst begehrte Entwicklung vorantreibt. Nicht nur er, auch Sven Lindström gerät zwischen die Fronten konkurrierender Geheimdienste. Wieder einmal reizt es ihn, in »fremden Revieren zu jagen.«
Bedeutet es auch diesmal die Strafversetzung in den Hohen Norden, oder gibt es so etwas wie eine ausgleichende Gerechtigkeit?

Der Roman erscheint demnächst.